JN011846

ルビーが詰まった脚

ジョーン・エイキン
三辺律子・訳

東京創元社

ルビーが詰まった脚　目次

ルビーが詰まった脚

葉っぱでいっぱいの部屋

A Room Full of Leaves

昔、かわいそうな男の子がいた。男の子は、大勢の親戚といっしょにトロイ館と呼ばれるとてつもなく大きな家で暮らしていた。親戚は金持ちで、おかげでずいぶんといい目を見てきたのにもかかわらず、心無い人たちで、だったら貧しいほうがましだったように思われた。なかでもだれより意地の悪いのがアガサ伯母で、痩せてとげとげしい女性だった。次がウンベルト伯父で、この伯父はでっぷりと太り、羽振りがよかった。またあとで、この二人の話はしよう。ほかにもスクワブという名の気性の激しい老乳母と、バックル氏という家庭教師がおり、男の子の毎日をますますつらいものにしていた。男の子はウィルフレッドという一族に伝わる名を名乗っていたが、「この名前に恥じないようにするんですよ」と言われつづけてすっかりうんざりしていたので、自分の名前は「ウィル」だと思うことにしていた。といっても、それは自分の中だけのことだった。なぜなら、いっしょに遊ぶような友だちもいなかったからだ。よその卑しい生まれの子どもなど、どんな危険があるかもわからないし、卑しさが伝染しかねないというわけだった。

ある雨の土曜日の午後、ウィルは勉強部屋でバックル氏に出されたラテン語の構文解析の宿題をしていた。終われば、散歩にいくことになっていたが、どちらにしろコースは二つしかない。スクワブがいっしょなら、ロンドン郊外の中心街へいって「店をのぞく」ことになる。郊外の街はトロイ館のほうまでそのかぎづめを伸ばしていたが、どの店をのぞくかを選ばせてもらったことはついぞなかった。一方、バックル氏といくことになれば、広場をななめに横切り（礼儀を知らない少年たちがボートを浮かべている池を避け）、白い手すりのついた乗馬道をもどりながら、バックル氏の植物の話を聞くことになる。

そんなわけで、散歩の時間をうきうきと心待ちにしているというわけではなかったから、スクワブがやってきて、雨が降っているから、今日はジグソーパズルでもして一人静かに遊ぶようにと言うと、ウィルはうれしく感じた。しばらくは、スクワブがアイロンがけをしているあいだ、ジグソーパズルをやるでもなくただぼんやりと見つめていた。そのうち暗くなってきたが、まだ三時だ。スクワブは明かりをつけ、炉格子から新たな洗濯物の山を取った。

そのときふいに、青い光が閃き、アイロンがパン！　と音を立てた。ゴムの焦げたような異臭がたちこめ、明かりが消えた。

「ああ、いまいましい。この階のヒューズが飛んじまったようだね」スクワブはののしると、だから最新式の機器とやらはなどとブツブツ言いながら、慌てて部屋を出ていった。

ウィルは一秒たりとも無駄にしなかった。ドアが閉まるよりまえに、足音をしのばせて部屋の反対側までいき、もうひとつのドアから廊下へ出た。家の中は真っ暗で混乱状態だから、しばらくはだれもウィルがいないことに気づかないだろう。少しのあいだでもひとりになる機会など、めったになかったのだ。

ウィルの住んでいる家は、とにかく広かった。だれも、何部屋あるのか正確には知らないくらいだ。毎日一部屋ずつ使うとしても、一年ではまだだいぶあまるほどだった。小さな中庭も数えきれないほどあって、それぞれにビロードのような緑の芝生が広がり、館の別の棟や翼へつづく通路が四方へのびている。館の奥にいくにつれ、中庭は少なくなって、棟と棟がつながり合い、最後にはひとつの大きな建物となって裏手の森と接していた。重要な部屋は週に四日は公開されている。バックル氏と町からくるほっそりした女性が観光に訪れた人たちを案内して、ガラスケースの中に鍵をかけてしまわれた歴史的価値のあるものや代々伝わる家宝を見せてまわる。人々は、ジェームズ二世が使った銀製のたらいや詩人のポープのものだったという汚れた古い筆記帳、ヘンリー八世が忘れていった牛脚油（ぎゅうきゃくゆ）の入った小さな壺などの歴史のかけらを眺めるのだった。昔も、訪問客はうっかりいろいろなものを置いていったのだ。

ウィルは、公開されている部屋には興味はなかったけれど、大人たちはちがった。そうしたものを磨いたりつやを出したりするのに日々を費やし、ぜんぶきれいになると、今度は、汚れを落として大英博物館へ売れる遺物はないかと、使われていない部屋を延々と探すのだった。

ウィルは勉強部屋の外に立って耳をそばだてた。下の階からは、ぼそぼそとしゃべる声が聞こえてくる。土曜日は入場料が安いので（五シリングのところを二シリング六ペンスにしていた）、ふだんの倍のお客がきていた。バックル氏とほっそりした女の人は、それぞれ少人数の団体についてまわっていた。ウィルはひとりうなずくと、その場を、ネズミのように静かに離れ、観光客がぜったいにこない館の奥へむかった。奥へいくにつれ、どんどん暗く埃っぽくなり、窓は小さく、どっしりとした鉛枠が汚れるがままになっている。狭い通路や階段をくねくねと進み、数えきれないほどのドアの前を歩いていく。そのほとんどは、アン・ブーリン（注　ヘンリー八世の二番目の王妃。ヘンリー王の離婚の原因となり、本人も後に処刑される）が馬に乗ってロンドンへ旅立つまえに、顔を出して寝たきりの召使いに別れの挨拶をしたころから一度も開かれていなかった。壁にかけられたタペストリーにはどれも、やわらかな産毛のように埃が積もっている。触ろうものなら、あっという間にボロボロに崩れ落ちるだろうから、ウィルは影のようにひそやかに歩いていった。

すでに迷っていたが、それは意図的でもあった。足を止め、古い館が森のようにきしんだりカサカサ音を立てたりするようすに耳を澄ませる。このまま突き進んでいけば、いつの間にか森の中にいるんじゃないかと夢想する。とりわけ曲がりくねった廊下を選び、交差路というか交差廊下ともいうべきところに出ると、また別の狭い廊下が複数のびている。どれもほとんど真っ暗で、はるか先にある雨粒の流れる窓から入るわずかな光に、ずらりと並んでいるドアが浮かびあがっていた。

　どちらへ行こうかと考えていると、ささやき声にも似た音がかすかにひびいてきた。それだけで、目の前にのびている廊下を選ぶのにじゅうぶんだった。そろそろと三メートルちょっと進んでいくと、右側にやや低くて小さなドアがあった。

　何度か押してみたあと、外開きだと気づき、ぐいと引っぱってあけたドアを回りこむようにして、中をのぞき、戸惑った。カーテン？　戸口に、あせて銀色がかった茶色をしたものがかかっている、と思って、近くから見ると、それはカーテンではなく、葉っぱだった。ドアのほうへ吹き寄せられて高く積みあがり、入り口をふさいでいる。ドアが内開きだったら、あけられなかっただろう。手で触れてみる。ブナの枯れ葉のようにもろくはなく、やわらかくてしなやかで、触ってもわずかな音しか立てない。一枚取って、手のひらにのせ、しげしげと眺めてみた。ほとんど条（すじ）になっていて、文字を思わせる銀色の淡いしるしに覆われている。すると、部屋の中からささやくような小さな声が聞こえた。

「それで、入るの？　入らないの？」

　ウィルはドキッとして、どうしたって突き抜けることはできそうもない葉っぱの山を見つめ、小さな声でたずねた。

「どうやってここを通り抜ければいいの？」

「掘るのよ、もちろん」声はじれったそうに返事をした。

ウィルは言われたとおり、少しかがむと、葉の中に頭と腕をぐいと突っこみ、モグラのようにもぐっていった。完全に部屋の中に入ると、一度、体をくねらせるようにしてうしろをふりかえり、ドアを引っぱって閉めた。じりじりと進んでいくあいだ、葉はほとんど音を立てなかった。なんとか息が吸える程度の空気があり、生乾きの葉のいい香りがする。ゆっくりと掘り進み、十分ほどたったと思われたころ、ようやく葉が少なくなりはじめ、ダイバーが水上に顔を出すかのように外へ出ることができた。

ここは部屋のはずだ、廊下にあるふつうのドアから入ってきたのだから。でも、まわりじゅうに葉が積みあがっているので、壁らしきものはまったく見えない。真ん中あたりにぽっかりとあいた場所があり、幹まわりがテーブルくらいもある太い木が生えている。ざらざらした銀色の樹皮に覆われ、こぶや節だらけだ。ウィルの頭の上あたりから枝がのび、オークやブナのように大きく横へ広がっていたが、葉が生い茂っているせいでほとんど見えず、上の部分にいたっては、まったく見えない。枝についている葉は黄色だが、あせた黄葉(こうよう)ではなくて、輝くような金色で、部屋を照らしていた。少なくとも見える範囲では、ほかに光源はなく、部屋は暗くはない。

木の下に人がいるようすはない。さっき声をかけてきたのはだれだろう？　どこにいるんだ？

するとウィルの疑問に答えるように、ふたたび声がした。

「のぼれないの？」

「もちろん、のぼれるよ」そんなことも思いつかなかった自分に腹をたてながら、ウィルはざらざらした幹のでっぱりに足をかけると、ぐいっと体を引き上げた。すぐに床は見えなくなり、さわさわと揺れる葉のおりに囚われ、光で目がくらんだ。暑い夏の丘陵地帯にたちのぼるタイムのような香りがする。

「どこにいるの？」ウィルはとほうに暮れてたずねた。

クスクス笑う声がした。

「ここよ」枝の先を見やると、葉のあいだでなにかが揺れたのが見えた。そろそろとそちらへむかっていくと、そばかすだらけの小さな女の子が、赤っぽい毛を帽子みたいなものに隠し、ひだ襟のついた緑のビロードの長いワンピースを着て、小枝でできた自然のハンモックを勢いよく揺らしていた。

「ほんと、あのまま見つけられないんじゃないかと思ったわよ」女の子はバカにしたようにニッと笑った。

「木にのぼるのには慣れていないんだ」ウィルは言い訳した。

「知ってるよ、かわいそう。大丈夫、この木は簡単にのぼれるから。なんて名前？　あたしはエム」

「ぼくはウィル。ここに住んでるの？」

「もちろん。これはあたしの枝じゃないけどね。中には、自分の枝からぜったいに動こうとしない人もいるから。ほら、あの人とか」エムは、黒い昔ふうの半ズボン（ブリーチス）をはいた清教徒みたいに厳格そうな紳士を指さした。紳士は、一瞬姿を見せたが、またすぐにさわさわ揺れる葉の陰に消えた。「でも、あたしはどこでも好きなところにいく。あたしの枝はちゃんとした枝じゃないんだ。あたしたちはマチルダとスティーヴンのときからいっつも、戦争でだめなほうについちゃってたから（ヘンリー一世は、娘のマチルダを王位継承者に指名したが、一一三五年、甥のスティーヴンが従わず、自ら戴冠。マチルダと王位をめぐった争いに発展した）。植民地が作られてからは、あたしたちをどんどんそっちへ送りこんだんだけど、そんなことをしても無駄。たくさんの仲間が残ったからね。今じゃ、あたしたちが死に絶えるのを期待してるけど、もちろんそんなことにはならない。少し木を案内しようか？」

「うん、お願い」

「なら、きて。怖がらないでよ。あたしの手につかまってもいいから。階段をのぼるみたいに楽だよ」

エムに案内してもらうにつれ、木は思っていたよりはるかに大きいことがわかってきた。こんな大木がどうやって、家の中の部屋で育っているのかわからない。枝がカーブして、踊り場や洞穴、らせん階段、腰かけ、戸棚やおりなどになっている。エムはそんな迷路を知り尽くしてるらしく、黄色の葉を押し分けながらウィルを案内して回った。枝から枝へ飛び移る方法や、傾いている枝をすべりおりるやり方、すきまをくぐりぬけたり、張り巡らされた枝の上に寝転がったり、どうやったらうまく葉っぱをふんわりした枕にできるかも、教えてくれた。

かなり音を立てたから、何度か、枝の先っぽから老人の不愉快そうな顔がのぞいたけれど、かすかな笑みを浮かべた十字軍兵士や、尻尾をふってくれた犬もいた。

「なにか食べ物は持ってる？」しばらくすると、エムはハンカチでおでこをぬぐいながらたずねた。

「うん。午前のおやつの時間に食べなかったクッキーがあるよ。もちろん、本当は持ってちゃいけないんだけどね。ばれたら、叱られちゃう」

「そうだよね」エムはうなずいて、クッキーを受けとった。「ありがとう。しっけてるね。でも、大丈夫。ちょっと待ってて、飲み物を取ってくるから」エムは枝のあいだに姿を消すと、またすぐに、緑がかったクリスタルのコップを二つ持ってもどってきた。金色の液体が入っている。

「樹液だよ」エムはそう言って、ひとつ差し出した。「森みたいな味がするでしょ？　動物の角が思い浮かばない？　あと、プレゼントをあげる」

エムはコップを片づけると、幹の下のほうでごそごそとなにかを探りはじめた。

「いろんながらくたがいっぱいあって。これが最初に見つかった。どう、気に入りそう？」

そう言って、エムはじっくりと見た。「これは、エリザベス女王が使ってた靴べらだね（いつもきつすぎる靴を履いて、大変な目にあってたんだよ）。ここに置いていっちゃったんだね。とにかく、これ、もらっていいよ。いい使い方が見つかるかもしれないし。そろそろもどったほうがいいんじゃない？　じゃないと、面倒なことになって、ここにきにくくなっちゃうかもよ」

「どうやったら、またここまでくる道がわかるかな？」

「身動きせずにじっと立って、耳を澄ませるの。そうしたら、あたしのささやく声と葉がさらさら鳴る音が聞こえるから。じゃあね」エムは、ぱっと痩せた腕をウィルの首に回して、ハグした。「いっしょに遊ぶ人ができてうれしい。ときどき退屈しちゃうんだ」

ウィルはまた体をくねらせるようにして葉の中を通り抜けると、ドアを閉めた。それから、ふりかえってドアを見たけれど、なんの変わったところも見受けられなかった。

（何度かまちがったところを曲がったすえに）勉強部屋にもどると、アガサ伯母が待ち受けていた。スクワブとバックル氏も戸口でうろうろしていたけれど、伯母はさっと手をひと振りして、追い払った。下々の者が同席できるような軽々しい事態ではないということだ。

「ウィルフレッド」アガサ伯母はぞくっとするような口調で切り出した。

「はい、アガサ伯母さま」

「どこにいっていたんです？」

「奥のほうで遊んでました」

「遊んでいた⁉　あなたのような身分と責務のある子どもが、遊んでいた？　パズルもやらずに？　それはなんです？」伯母はウィルに飛びかかるようにして、ポケットからのぞいていた靴べらを引っぱり出した。

「隠していたんだね！　これを見つけて、こっそり抜け出して、博物館にでも売るつもりだったんだろう？　反抗的なとんでもない悪ガキだね！　抜け出して隠れていた罰に、この話が終わったらすぐに寝るんだよ。罰として夕食はパン粥だけ、着替えも、食べるのもひとりでおやり。そのへんの卑しい子どもと同じようにね」

「はい、伯母さま」

「自分がこの由緒ある館の後継ぎだとわかっているね？（ウィンスロップ大伯父が亡くなられたらね）」

「はい、伯母さま」

「おまえの両親のことは知っているかい？」

「いいえ」

「それでよかったよ。これをごらん」伯母は小さなケースを取り出した。中には、ごくごくふつうの男女を描いた細密画が入っていた。ウィルはその肖像画をまじまじと見た。

「これがおまえの父親だよ。わたしたちの弟だ。一族の面汚しだよ。家名に傷をつけたんだ。なんと、よりにもよって、作家になったんだからね！　しかも、作家の女と結婚したんだ。おまえの母親だよ。ありがたいことに、二人ともオランジェブールの事故で溺れて死んだがね。じゃなきゃ、もっとひどいことをしでかしていただろうよ。おまえは、漬物用の樽でぷかぷか浮いているところを助けられたんだ。これで、わたしたちがどうしてこれだけの苦労をしておまえを教育しているか、わかったろう？　おまえに流れる不幸な血から救ってやるためだよ」

ウィルがまだ、たった今聞いた話をすべて呑みこめないでいるときに、ドアをノックする音がして、バックル氏が顔を出した。

「アガサさま、スロッケンハイマー氏がお目にかかりたいそうです。ぜひとのことで、お断りすることはできないと思われますが。ウィルのことは、わたしが引継ぎいたしましょうか？」

「いいや、おまえが出しゃばるんじゃないよ」アガサ伯母は冷たく言い放った。「もうこっちは終わったから」

ウィルは寝る支度をした。バックル氏がなにひとつサボらないよう見張っている横で、トロイ館の後継ぎにふさわしく、銀の歯ブラシで歯を磨き、アルフレッド大王の櫛で眉を整える。水にひたしたトーストが金の器で運ばれてくると、ウィルはそれをうわの空で口に押しこんだ。ひどい味だったが、見つからずにすんだ幸運に頭がいっぱいで、どうやったらまたあの部屋にもどってエムに会えるだろうと、それればかり考えていたので、ろくに気づかなかった。

次の朝、（親戚たちといっしょの）朝食の席で、非難されるにちがいないと思っていたけれど、ふしぎなことに、だれもウィルのことなど頭にないようだった。みんなが話題にしていたのは、スロッケンハイマー氏のことだった。

「まったくついてるよ」セドリック叔父が言った。「ちょうど観光シーズンが終わるところだしな」

「その人はだれなんだい？」ゲートルード大伯母がきしむような声で言った。

「映画監督ですよ、ハリウッドのね」アガサ伯母が大伯母に聞こえるよう、大きな声で辛抱強く説明した。「ロビン・フッドの映画を撮るから、トロイ館の中を数か所、撮らせてほしいと言ってきたんです。多額の謝礼を払うからと。とうぜんですけどね」

「とうぜんだ」「とうぜんよ」食卓を囲んでいる老ガラスたちは口々に言った。

ウィルは耳をそばだてて聞いていたが、ふと不安になった。スロッケンハイマー氏の撮影隊が、大木のある部屋を見つけてしまったら？

「今日、くるんですよ」ウンベルト伯父が、アルリック大伯父の補聴器にむかってキンキン声で言った。

スロッケンハイマー氏の一行は、朝食のあと、ウィルが日課のジョギングをしている最中にやってきた。館の前の三角形の芝生のまわりを百回回って、バックル氏がストップウォッチでタイムを計る。

するとと、きれいな女の人が、バカでかいグリーンの車から降りてきて、高い声でさけんだ。「まあ、そこのかわいらしいお坊ちゃん、いちばん近いミルクバー（食料品や生活用品を売る店）がどこか、教えてちょうだいな」そして、さっとウィルを車に引っぱりこんだ。視界の端で、バックル氏がらせん階段への案内役として連れていかれるようすが見えた。

ウィルはうっとりとして、ラズベリーサンデーを食べた。ミルクバーにはこれまできたことがなかったし、アイスクリームを食べたのも車に乗ったのも、初めてだった。前の日の大発見につづいてこんな体験までして、胸がいっぱいだったのだ。

「たいへん！」新しい友人は、腕時計を見てさけんだ。「撮影現場にいかなきゃ！　あたしは乙女マリアンよ。知ってるでしょ。ターザン、じゃなくて、ロビンが十一時に大広間でよこしまな男爵からあたしを助けてくれることになってるの」

「案内します」ウィルは言った。

もどったら叱られるだろうと思っていたけれど、家はいつもの秩序を失っていた。バックル氏はロビン・フッドにエドワード黒太子のかぶとをかぶる方法を教え（かぶとは大きすぎた）、アガサ伯母はスロッケンハイマー氏とビジネスの件で話しこみ、だれもウィルがもどってきたのに気づかなかった。

映画の撮影が行われるのは公開されている部屋だけだと知って、ウィルはほっとした。あの大木が見つかる可能性はなさそうだ。

昼食のあと、バックル氏はふたたび呼ばれて、第九代スペンサー伯爵の石弓の使い方をやって見せることになったので（そして、エキストラの人を射ってしまった）、ウィルは今度もまた抜け出して、だれにも見つからずに館の奥までいくことができた。

階段をのぼった暗い廊下に何時間にも思えるあいだ、じっと立って自分の心臓の音に耳を澄ませていると、クモの糸が耳をくすぐったかのように、エムのささやき声が聞こえてきた。

「ウィル！　ここよ！　こっち！」声といっしょに、葉の立てるさわさわという音が聞こえる。葉っぱもささやいているみたいだ。「ここよ」

部屋はすぐに見つかったけれど、荷物を持っていたせいで、葉っぱを押しのけて進むのに少し手間取った。木の根元に出ると、エムが待っていた。エムは、ウィルの首を絞めんばかりの力で抱きついた。

「案内したいところをいろいろ考えてたのよ。それに、いっしょにやるゲームも！」

「ぼくはプレゼントを持ってきたよ」ウィルはポケットの中身を出した。

「わあ！　その小さい容器に入ってるのはなに？」

「アイスクリーム。電気技術者のボスがくれたんだ」

エムは味見した。「ふしぎなお菓子。なめらかで甘いのに、歯がカチカチしちゃう」

「あと、これもあげるよ」ルビーの目をした金のミッキーマウスだった。乙女マリアンがくれたのだ。エムはうやうやしく受けとると、木の幹にあいている隠し穴のひとつにしまった。それから、二人は物真似ゲームをして遊び、へとへとになると、葉っぱの厚いベッドに寝転んで休んだ。

「こんなにすぐまた会えるとは思ってなかった」エムは、寝転んだまま、ウィルと二人でいい香りのする葉っぱを選んで嚙みながら言った。そのようすを見て、ジェームズ一世時代の取り澄ました貴婦人があきれたように首をふった。

ウィルは映画会社がやってきた話をし、エムは興味津々で聞いていた。

「旅役者みたいなものね。あたしの父さんもそうだったんだ。旅役者なんて、一族の言いつけには、もちろん、反してたけどね。いろいろなお芝居を見たよ。でも、そのあと、立派なおばあさまがあたしのことを取りもどしたんだ、一族の名に恥じないように育てるってね」エムはため息をついた。

それから二か月間、ウィルはしょっちゅう隙を見ては、抜け出してエムと遊んだ。バックル氏は衣装のアドバイザーとして駆り出され、スクワブまでダブレット（15〜17世紀のヨーロッパで男性が着たベスト）にアイロンをかけたりタイツを繕ったりする仕事を押しつけられたからだ。

けれども、ある日、朝食の席で伯父や伯母たちが浮かない顔をしているのを見て、館の中の撮影が終わったことを知った。撮影隊はこのあとフロリダに移動して、シャーウッドの森のエピソードを撮るらしい。多額な副収入を手にするのも終わりになり、また前の生活がもどってくるのを知って、ウィルはがっかりした。

そのあと、エムのところへいこうとすると、アガサ伯母とウンベルト伯父がスロッケンハイマー氏と秘書のジェイクス氏と、奥の階段の上に立っているのが目に入った。ウィルはさっと物陰に隠れ、四人の会話に耳をそばだてた。

「百万です」スロッケンハイマー氏が言っている。「ええ、百万が最終決定です。ですが、館はわたし自身の手でハリウッドまで運びます。産みたての卵みたいに慎重に運びますよ。それは安心してくださってけっこうです。みなさんの気持ちは尊重いたします。ご家族全員、このまま一生住みつづけていただけると保証しますよ。レンガひとつひとつに数字をふり、床板一枚一枚に印をつけて、元の場所に寸分たがわずもどすようにします。わたしにとっては、この館は金鉱になるでしょう。いろいろな映画のセットとして、一年で館の値段の倍は節約できます。チューダー様式、ゴシック様式、ノルマン、サクソン、ジョージアン、さまざまな装飾様式がひとつ屋根の下にぜんぶあるんですから」

「ですが、われわれは給料もいただかないとなりません」ウンベルト伯父が貪欲に言った。「そんなふうに根こそぎハリウッドに運ばれて、ただというわけにはいきませんからね」

スロッケンハイマー氏はそれを聞くとクイッと眉をあげたが、こころよく返事をした。

「わかりました。エキストラとして契約しましょう」スロッケンハイマー氏は大量の書類を取り出すと、サインをし、アガサ伯母に差し出した。「どうぞ。すべて二十年契約になっています」

「それでも、格安だがね」スロッケンハイマー氏が秘書にささやくのを、ウィルは聞いた。

「さあ、これで撮影が終わったら、明日、石工たちを呼んで、分解作業に入ります。タペストリーや家具は別々に箱詰めします。とうぜん、かなり時間はかかるでしょう。最低でも三週間以上かかると思っていてください」スロッケンハイマー氏はうやうやしげにふりかえって、七、八十メートルほどつづいている暗い廊下を見やった。

ウィルは心臓をバクバクさせながらその場をそっと離れた。本当に家を丸ごと、そう、この家をバラバラにして、船でハリウッドまで運んだりするのだろうか？　映画のセットのために？　木はどうなるだろう？　切り倒してしまうだろうか？　それとも、掘り出して、葉っぱやなにもかも丸ごと運ぶんだろうか？

「どうかした？」エムは、ウィルの持ってきた巨大な飴で頬を膨らませながらきいた。

「映画会社がほかへ移動するんだけど、トロイ館をいっしょに持っていくつもりなんだ。映画のセットとして」

「家を丸ごと？」

「うん」

「そうなんだ」エムは考えこんだ表情になった。

「エム」

「なに？」

「どうなるかな？　つまり、映画会社の人たちがこの部屋を見つけて、木を切り倒したり掘り出したりしたら、エムはどうなる？」

「わからない」エムは考えながら言った。「このままってことはないと思う。ここにいる人たちだって、そう。だけど、正確にどうなるかって言われると——ひどいことになるとは思わない。たぶんランプみたいにパッと消えちゃうんじゃないかな」

「なら、なんとかして止めなきゃ」ウィルはきっぱりと言い、そう言ったことに自分でも驚いた。

「だめだとは言えないの？　ウィルは後継ぎなんでしょ？」

「ウィンスロップ大伯父が亡くなるまでは、あとは継げないんだ。別の方法を考えなきゃ」

「いい方法があるよ」エムは眉間にしわを寄せた。「あたしたちの時代は、プロデューサーは、いい脚本のためならなんだってしたんだ。だれも見たことがないような脚本のためならね。今の時代もそう？」

「そうだと思う。だけど、脚本を書く人なんて知らないよ」ウィルは言った。

「眠ったままの脚本があるの。書いた人は父さんの友だちでね。ロンドンへ持っていって、出版してくれってたのまれてたの。父さんはちゃんと持ってるんだぞって言って、あたしの荷物にその脚本を入れたんだ。だけど、旅の途中、オクスフォードを通ったときに、えらいおばあさまに見つかって連れていかれちゃったから、そのあと二度と父さんにもシェイクスピアさんにも会えなかった。だから、気の毒にシェイクスピアさんは自分の書いた脚本をなくしちゃったわけ」

「シェ、シェイクスピアさんって言った？」ウィルの舌がもつれた。「芝居の題名は覚えてる？」

「忘れちゃった。どこかこのへんにしまってあるはず」エムは枝のあいだの割れ目を探しはじめ、ほどなく汚れた古い原稿を引っぱり出した。ウィルは目を皿のようにしてそれを見た。

ロビン・フッドの悲劇物語

脚本　ウィリアム・シェイクスピア

第一幕一場　シャーウッドの森　ジョン王、ド・ブラシー、ノッティンガムの長官、騎士たち、従僕たち、従者たち　登場

ジョン王　みなの者、われらがここへきたのは

尊敬すべきわが兄、獅子心王リチャードが
はるか遠く異教徒の地で戦われているゆえ
不実なごろつき、
卑劣なるアウトロー、その名も
ロビン・ロックスレー、またの名をロビン・フッドを逮捕するためだ
さらに、われらの金庫は役立たずの錠のせいで空っぽとなり
やつが不正に得た金を没収するためである
ロックスレーの蓄えでわれらの蓄えを満たし
やつは森の枝の下でぶらさがるというわけだ

「すごい！　これって、シェイクスピアの『ロビン・フッド』じゃないか。スロッケンハイマー氏はなんて言うだろう！」

「なら、ぐずぐずしないで、すぐに持っていってみれば？　これはウィルのものよ。あたしからのプレゼント」

ウィルはすさまじい勢いで葉っぱを押しのけながらもどると、バンとドアを閉め、大広間のほうへ走っていった。スロッケンハイマー氏は高価な精密機械の梱包に立ち会っているところだっ

た。

「やあ、若さま。ここのところ、会ってなかったな。ところで、どうだい、ハリウッドに引っ越すっていうのは？」

「あんまりうれしくないです」ウィルは正直に言った。「ぼくはここに慣れてるし、それに、そう、この家にもなじんでるから。引っ越しがこの家にとっていいとは思えないんです」

「乾いた空気のせいで崩れるんじゃないかと心配しているのかな？　だとしたら、話しておかないとな。むこうへいったら、エアコンを取りつけるつもりだよ。だが、きみが今回の話を気に入っていないのは残念だな。ハリウッドはすばらしいところだよ」

「スロッケンハイマーさん、ぼく、とても貴重なものを持ってきたんです。これはぼくのものです。ある人からもらったんです。本物です。だから、交換みたいなことができないかなって。これとこの家とを」

「だとしたら、そうとう高価なものじゃないとな」スロッケンハイマー氏は用心深く答えた。

「百万の価値があると？　いったいなんだね？」

「シェイクスピアの脚本です。だれも見たことのない、新しいものです」

「え？」

「お見せします」ウィルは自信たっぷりに言うと、原稿を取り出した。

スロッケンハイマー氏はおもむろに読みあげた。「『ロビン・フッドの悲劇物語。脚本ウィリアム・シェイクスピア』。なんと、嘘だろ！　ちょうど屋内のシーンを撮り終えたときに。これをただの幸運と言っていいのか？　なあ、これはまちがいなく本物なんだな？　まあ、ジェイクスならわかるはずだ。彼はなんでも知ってるからな。おい！」スロッケンハイマー氏は秘書を呼んだ。「こっちへきて、これを見てくれないか？」

いつもはそっけないジェイクス氏が、サインを見たとたん口笛を吹いた。

「本物ですよ、まちがいなくね。こいつはすごいものを手に入れましたね。シェイクスピアのオリジナルの脚本による映画化第一弾、監督Ｗ・Ｐ・スロッケンハイマー」

「じゃあ、交換するんですね？」ウィルはもう一度言った。

「ああ、するとも」スロッケンハイマー氏はさけぶと、バン！　とものすごい勢いでウィルの背中を叩いた。「朽ち果てたボロ屋はきみにくれてやる。プレミアのチケットを二十枚贈るよ。ウィリアム・シェイクスピアによるロビン・フッド。どうだ？」

「もうひとつ、あるんです」ウィルはためらいながら言った。

「なんだい、親友？」

「伯父や伯母たちに渡した契約書なんですけど、あれってまだ拘束力はありますか？」

「きみがいやなら、破棄するさ」

「いいえ、そのままにしてほしいんです。伯父たちにはハリウッドにいってほしいんです」

スロッケンハイマー氏は笑いだした。「なるほど、そういうことか。よし、若さま、そういうことにしよう、わたしにとっちゃ、彼らを引き取ったところでそこまで煩わしくはないだろうからね。きみの伯父さんたちのことは契約でがっちりと縛っておくから。二十年だろ？　そのころには成人しているよな？　ウンベルト伯父さんはノッティンガムの長官役ができるかもしれないな。もってこいの体格をしてる。それに、アガサ伯母さんにもなんらかの役をやってもらえるだろう」

「バックルとスクワブも？」

「いいとも、いいとも」スロッケンハイマー氏はすっかり面白がっていた。「ただ、きみがここでたったひとりでどうするかってことはあるが。まあ、それはきみの問題だ。よし、みんな、次はそのカメラをたのむ」

三日後、撮影隊は去り、撮影用の閃光電灯やカメラやエキストラや木箱や小道具や衣装といっしょに、スクワブもバックルもアガサ伯母もウンベルト伯父もセドリック叔父も全員、いってしまった。

空っぽになった古い館はおだやかにまどろみ、日の光が部屋から部屋へと移動し、静寂が破られることもない。ただし、ひと部屋だけ、木の葉の鳴るさわさわという音といっしょに、子どもたちの声がかすかにひびいていた。

ハンブルパピー

Humblepuppy

うちの家具は、ほとんど競売で手に入れたものだ。競売で家具を買うと、めあてのもの以外にも、余計なものをいろいろしょいこむことになる。というのも、競売ではみな、いくつかまとめて一口といったかたちで売られるからだ。例えば、ロット番号一三は、ペルシャ絨毯(じゅうたん)二枚、ゴルフクラブ一セット、ミシン、クルミ材のラジオ用キャビネット、オーナメントなどを置く台座、といった具合だ。

わたしが書類箱を手に入れたのもこうした手順で、いっしょに石炭バケツが二つに掃除道具入れもついてきた。書類箱は頑丈なブリキ製で、黒く塗られ、大きさは中型のスーツケースくらいある。最初、うちに持ち帰ったときは、書斎に置いて、古いタイプ打ちの原稿をしまうファイリング・キャビネットとして使うつもりだった。まずキッチンへいって、ほうきを新しい置き場所にしまっていると、書斎のほうからガツンガツンという大きな音が聞こえた。

窓から小鳥でも飛びこんでしまったのだろうと思ってもどってみたが、それらしきものはいない。どうやら、ガツンガツンという音はブリキの書類箱の中から聞こえてくるようだ。手に入れてすぐに、ダイヤモンドや数千ポンド分の無記名証券でも入ってやしないかと、中はたしかめていたけれど（もちろんなかった）、もう一度、ふたをあけてみた。鍵は、細い鎖で取っ手につけてあった。中を見たが、空っぽだ。ところが、ふたを閉めると、また音がしはじめる。なので、またあけてみた。

やっぱりなにもない。

まあ、今は木曜の午後二時、真昼間だ。外の通りには人がいきかっているし、となりの部屋では、つけっぱなしのラジオ講座がしゃべりつづけている。幽霊が出るという時間でもなし、わたしは空の書類箱に手を入れて、中を探ってみた。

なにかがささっとあとずさりしたのがわかった。怯えたようなクーンというかすかな声が聞こえ、自分の声かと思いかけたが、そうではなかった。相手（といっても、人ではない？）も怖がっていると知って、がぜん本気になる。箱の内側をそっと丁寧（ていねい）に探ると、温かくて骨ばった小さい生き物に手が触れた。ぶるぶる震えている体をなぞると、やたら大きな足とすべすべした垂れ耳、そして、ひんやりとした鼻にいきついた。と、その鼻がこわごわと、でも、頼りたそうに手のひらをつついてきた。そこで、わたしはひざまずくと、もう片方の手も箱の中に入れて、あばらの浮きでた、痩せこけた胸の下にさしいれ、このつつましやかな仔犬（ハンブルパピー）をすくいあげた。

ひどく軽い。

仔犬の姿は見えなかったが、問いかけるようなクンクンという弱々しい鳴き声と、床におろしたときに足の爪が床板を引っかく音は聞こえた。

ちょうどそのとき、猫のタフィーが入ってきた。

タフィーは実にたくさんの気質を持ち合わせていた。猫というものはみな、そうだが、タフィーの場合はとびぬけていて、しかも、どれも面倒なのだ。例えば、とても社交的で、仲間をほしがるくせに、犬の姿をしたものだけは毛嫌いする。二つ通りを隔てた先で犬が吠えるだけでも、ヤマアラシの針みたいに毛を逆立て、入道雲みたいに尻尾を膨らませるのだ。

まさに、仔犬を見たとたん、タフィーがしたのはそれだった。

面白いのは、そこだ。というのも、わたしは仔犬に触れ、声を聞くことができるが、見ることはできない。一方のタフィーは、どうやら仔犬が見えるし、においも嗅げるらしいのだが、触れることはできないのだ。このことには、タフィーもわたしもすぐに気づいた。タフィーはどうだったかというと、低い姿勢の構えをとる剣闘士のごとくうずくまり、バグパイプの一本調子の音がだんだん大きくなっていくのとそっくりにのどの奥から恐ろしげなうなり声をあげながら、わたしの左足に身を寄せて震えている仔犬にじりじりと近づいてきた。そして、右前足をすばやくふりおろした。仔犬の耳に一撃を食らわせようとしたのだ。「おれの家から出ていけ、この薄汚い犬っころめ！」という意思表示なのは、はっきりわかった。

ところが、一撃は空振りに終わった。そして、わたしのすねに思いっきり、あたったのだ。あんなに仰天した猫は見たことがない。初めて鏡でおのれの姿を見た仔猫みたいだった。タフィーは仔犬がすわっている背後へ回りこむと、ようすを探り、においを嗅ぎ、おそるおそる前足でつつこうとし、ビクッとうしろに跳ねのき、またじりじりと前に出た。そのあいだじゅう、つつましやかな仔犬はただすわって、かすかに震えながら訴えるようにクンクンと小さく鳴いていた。「ぼくはただの小さな雑種犬で、悪意なんかこれっぽっちもないんだ。どうかひどいことをしないで！　自分がなぜここにいるのかも、わかってないんだから！」ということだろう。

たしかに、なぜ仔犬が箱の中にいたのかは謎だ。わたしは（タフィーを書斎から閉め出して、仔犬に水とタフィーのお気に入りの朝食用ボニービスケットを与えてから）競売所に電話をした。競売人が言うには、一二番の書類箱と石炭バケツと掃除道具入れは、リバーランド牧師館が出したものだということだった。前のスマイス牧師が最近、九十歳で亡くなったばかりだ。スマイス牧師は犬、つまり、仔犬を飼っていましたか？　ときいてみたけれど、競売所の人たちは知らなかった。法律事務所から家具を売るようにと指示を受けただけだったのだ。

そんなわけで、なぜかわいそうな仔犬の幽霊が書類箱に入るはめになったのかは、わからずじまいだった。もしかしたら、はるか昔に手違いで閉じこめられて、窒息してしまったのかもしれない。ヴィクトリア時代の冷淡な庭師が、箱と仔犬を川に流し、あとで箱を見つけた人が川から引き上げたのかもしれない。

とにかく、過去になにがあったにしろ、仔犬は箱から出た今、自分の置かれた状況が大きく変わったことに大喜びで、感謝の念と愛情を隠そうとしなかった。原稿を書いていると、しょっちゅうパタパタという足音が聞こえ、足の上に小さなあごがちょこんとのっかり、垂れた耳が触れるのを感じる。いったいなんの雑種なのだろう？　スパニエルとテリアの血が入っているような気がした。夜にテレビを見たり、暖炉の前にすわっていると、脚にいきなり温かいものが体重をかけてくるのを感じる。わたしたちのうちにきてから、そこまで体重が増えたわけではないけれど、骨が浮きでていた胸はほんの少し丸みを帯びた。

最初の数週間は、タフィーとのあいだに厄介ごとが絶えなかった。タフィーは、仔犬の件ではすっかりおかんむりで、わたしが卑しい侵入者を追い出そうとしないことにカンカンだった。けれども、仔犬はなんとかタフィーの怒りをなだめようとして、雲行きがあやしくなると、爆発するまえに自ら箱にもどって、面倒をかけまいとするのだった。

そのうち、タフィーの気持ちもだんだんと和らいできた。前にも言ったとおり、もともとはとても社交的な猫なのだ。もうかなりの歳で、人間で言えば七十歳くらいだけれど、遊び相手は明るく元気なのがいちばんで、たいていいつも、家や庭に若い猫が遊びにきていた。ここ何年かは、食堂で飼われているウィスキーという白黒の猫がやってきて、しょっちゅううちのキッチンのシンクにすわっては、ぽたぽたと垂れる水で毛についたフィッシュアンドチップスのにおいを洗い流していた。美容室のテタナスというずんぐりした黒猫は、ある冬に、うちの食器戸棚のてっぺんで寝るのがすっかり気に入ってしまって、毎朝、コーヒーを淹れにいくたびにドスンと肩に飛びおりてきて、わたしを驚かせた。スウィートチャリティは、小さなグレーのペルシャ猫だったけれど、パトカーにひかれて悲しい最期を遂げた。チャリティのいとこにあたる、グレーと白のトラ猫のフレッドもいたけれど、今では、飼い主がおとなりから町の別の地域に引っ越してしまった。

仔犬がやってきたのは、フレッドがいなくなってすぐだったから、わたしからしてみれば願ってもない出来事だった。なにしろ、フレッドがいなくなってから、タフィーはひどくさみしがって、わたしにフレッドの代わりをつとめさせようとした。図体の大きな年寄り猫が、朝食のあとだれかを探すように階段を上へ下へと駆けまわったり、ひじかけ椅子のうしろに隠れて、だれもいないところへいきなり飛び出していったりするのを見ると胸が痛んだ。さんざんニャーニャーと鳴きつづけるので、いっしょに庭へ出ると、ウィスキーからテタナス、チャリティ、フレッドと代々隠れ場所になってきたラベンダーの茂みにまっしぐらに駆けていくこともある。猫にも、人間と同じようにそれぞれの習慣や積み重ねてきた物語があるのだ。

だから、仕事のある午前中など、わたしはとほうにくれて、町むこうの元おとなりさんのところまでいって、ベルを鳴らし、「フレッドくん、うちにあそびにきませんか？」と言いたくなることすらあった。さえない雨の日なんて、タフィーはむっつりとうなだれて、尻尾をふりふりうちの中をうろつきながら、お天気や遊び相手がいないことをぼやいたり、まるでその両方ともがわたしのせいだといわんばかりの態度をとったりするので、なおさらだった。

でも、つつましやかな仔犬がきてから、すべては一変した。

最初、タフィーは仔犬を見張らなければと思ったらしく、それに何時間もかかりっきりだった。書類箱のかたわらにすわって仔犬が朝起きてくるのを待ち、いらぬおせっかいで、このよそ者がいくところいくところ、家じゅうついてまわる。仔犬のほうは、ゆっくりと慎重に探検をしていたけれど、そのうちだんだんと勇気が出てきたのか、隅々までのぞくようになった。粗相したことは一度もない。タフィーの猫用扉を使って、庭に出ることを覚えたのだ。とはいえ、外に出るとずっと臆病になって、大きな音でもしようものならうちの中に逃げ帰った。飛行機や車にはひどく怯えて、慣れるようすもない。それを見て、そういった乗り物が発明されるより前から、やはりそうとう長いあいだ書類箱の中にいたにちがいないと改めて思った。

そのうち、ラベンダーの茂みに隠れることを覚えた。タフィーが教えたのかもしれない。ウィスキーやチャリティやテタナスやフレッドと同じだ。タフィーと仔犬は何時間もつづけて、二匹が生み出した幽霊バージョンのおいかけっこで遊んでいだので、そのあいだわたしは書きものに集中できた。

お客がくると、つつましやかな仔犬はいつも書類箱の中に引っ込んだ。知らない人はどうしても怖いらしい。だからこそ、リバーランドの新しい牧師のマニガムさんに対する仔犬の態度に、余計驚いたのだ。

わたしは、古い牧師館の歴史をどんなことでもいいから知りたくてたまらなかったから、マニガム牧師をお茶に招待した。

マニガム牧師は痩せていて、おだやかで口数の少ない人だった。極東で宣教師として働いていたが、病気になり、イギリスへ帰ってこなければならなくなったそうだ。どこか悲しげで寂しそうに見えた。今も、極東の友人たちや仕事が恋しいのだと言う。わたしは、マニガム牧師が好きになった。マニガム牧師が言うには、十九世紀のあいだほとんどは、スワネットという牧師がリバーランドの持ち主だったらしい。ティモシー・スワネット牧師は大変な長生きで、子どもも十人いたということだった。

「実を言うと、スワネット牧師はわたしの大叔父でしてね。ところで、どうしてこうしたことにご興味が?」マニガム牧師はたずねた。牧師は痩せた長い腕を椅子のわきに下ろしていたが、ふと横のほうへ動かした。「気づきませんでした、仔犬を飼っているんですね」それから、そちらお客に対しては礼儀正しく距離を保つタフィーは、蓄熱ヒーターの上で目を細めて微動だにせず、スフィンクスみたいにすわっていた。

「これまで知らない人がいるときは出てこなかったんですが」

つつましやかな仔犬は見えない姿のまま、マニガム牧師の膝の上に這いあがった。

新しい牧師さんは、なつかしい牧師館のにおいがするんだろうと、わたしたちは話し合った。もしかしたら、牧師さんの大叔父にあたるスワネット牧師とどこか似ているのかもしれない。

とにかく、それ以降、マニガム牧師がお茶によると、仔犬は必ずうれしそうに駆けだしてきたから、夏の休暇の時期がきたとき、わたしの頭にはとうぜん牧師さんのことが浮かんだ。

毎年、夏の休暇のあいだ、わたしたちはうちと猫を、女性の編集者とそのお母さんに貸すことにしていた。二人とも、そうとうの猫好きで、タフィーの世話を焼いて甘やかすのを特権だと思ってくれていた。帰ってくるといつも、タフィーはびっくりするくらい太っている。でも、お母さんのほうは犬アレルギーで、犬のことを怖がっていた。だから、夏の休暇を仔犬の幽霊と暮らしてもらうなんて、どう考えても無理だった。

そこで、わたしはマニガム牧師につつましやかな仔犬をあずかってもらえないかたずねた。ふつうのペットホテルにお願いできるとは思えない。マニガム牧師は、喜んであずかると言ってくれた。

わたしは仔犬を書類箱に入れて、車でリバーランドへ連れていった。車に乗っているあいだはいくらかうちひしがれたようすだったけれど、幸い、牧師館はそんなに遠くなかった。マニガム牧師は出迎えに、庭まで出てきてくれた。わたしたちは箱を芝生の上に降ろすと、ふたをあけた。

仔犬がこんなにどうかなったみたいに興奮するようすを、初めて耳にした。つつましやかな仔犬を見られなくて残念だと思うことはしょっちゅうあったけれど、この日の午後ほど強く思ったことはない。仔犬は喜びいさんで吠えながら木から見覚えのある木へと走っていって、カモガヤのあいだを駆け抜け（ザザザザッと通り抜けるのにつれ、草むらが二つに分かれるのが見えた）、もどってきて、わたしたちに飛びついた。濡れて土まみれになり、葉のにおいを立ち昇らせていた。

「牧師さんと楽しく過ごしてくれそうですね」わたしが言うと、マニガム牧師はくすんだしわだらけの顔をクシャッとさせてやさしげな笑みを浮かべた。「わたしというより、この場所でしょう」

たしかに、その両方だろう。

休暇が終わり、つつましやかな仔犬を迎えにいくことにした。タフィーは、いやにつんとしてまだ打ち解けないようすでフンフンとわたしたちのスーツケースのにおいを嗅いでいるので、置かった。

いていった。わたしたちが長いこと留守にしたあと、タフィーはいつもなかなか許してはくれなかった。

マニガム牧師は風邪気味らしく、シェトランドウールのひざかけにくるまって書斎の暖炉の前にすわっていた。仔犬は、牧師さんの膝の上にいた。部屋に入っていくと、小さな尻尾が椅子のひじかけにあたる音がしたけれど、こっちに駆けよってはこないで、牧師さんの膝の上におさまったままだった。

「下宿人を連れ帰りにいらしたんですね」マニガム牧師は言った。

牧師さんの声や笑みにこれっぽっちもぎくしゃくしたところはなかったけれど、わたしは仔犬を連れて帰る気持ちになれなくなった。わたしは手を下に伸ばして、仔犬のやわらかいしわしわのおでこを探りあて、軽くくしゃくしゃっとすると、言った。

「それが――ちょっと考えていたのですが。どうやらうちのわがまま猫が、すっかりまた独りのきままな生活に慣れてしまったみたいなんです。それで、ひょっとしてこちらで仔犬を飼っていただくことはできないかと思ったのですけど？」

マニガム牧師の顔がパッと明るくなった。そして、しばらく黙っていたけれど、それからそっと手を伸ばして小さな仔犬の頭に触れ、首の下を指でこすってやった。

「ええ」牧師さんは言いかけて、コホンと咳をした。「もちろんです。もしご本心からそう言ってくださるなら――」

わたしも咳払いしなければならなかった。

「もちろん本心です」マニガム牧師が言い、わたしは首を振った。「わたしの風邪がうつらないといいのですが」

「明日か明後日くらいに、またごようすを見に寄りますね」そして、牧師さんのもとに仔犬を残して部屋を出た。

かわいそうに、タフィーはそれから数週間、遊び相手がいなくなったことでひどくむすっとしていた。毎日、朝食のあと、タフィーが家じゅうを探しまわるので、その二時間はわたしたちにとって苦行に等しかった。けれど、だんだんと記憶は薄れ、ありがたいことに、今ではタフィーにも新しい友だちができた。チャリティとフレッドの甥だかいとこだか、とにかく親戚のチビのグレイ・ファリーだ。グレイ・ファリーはラベンダーの茂みでかくれんぼをすることを覚え、うちの猫用扉を使い、タフィーの餌の器に入っているものはなんでも平らげるようになって、おかげでこの件はすべて丸く収まった。

でも、わたしのほうはまだつつましやかな仔犬がいなくなったさみしさから抜け出せていない。読書の途中で考え事をしているときに、ひんやりとした鼻先が手のひらに押しつけられる感触や、コマーシャルを見ながらわたしの膝によりかかってくるときのあたたかな重みが、忘れられないのだ。ダイニングルームの床にカリカリと爪がこすれる音や、階段を下りてくるときのパタンパタンという音、ほうっと息をついて丸くなったときにできるクッションのくぼみがなつかしい。

まあ、しかたない。いずれ慣れるだろう。タフィーだって、慣れたのだし。けれど、〈うちの犬〉か〈ペットマガジン〉にこんな広告を出そうかとも思っている。

求む。ミックスの仔犬の幽霊。温かくて愛情たっぷりの家にお迎えします。相応のお支払いあり。

出してみてもいいかもしれない。

フィリキンじいさん

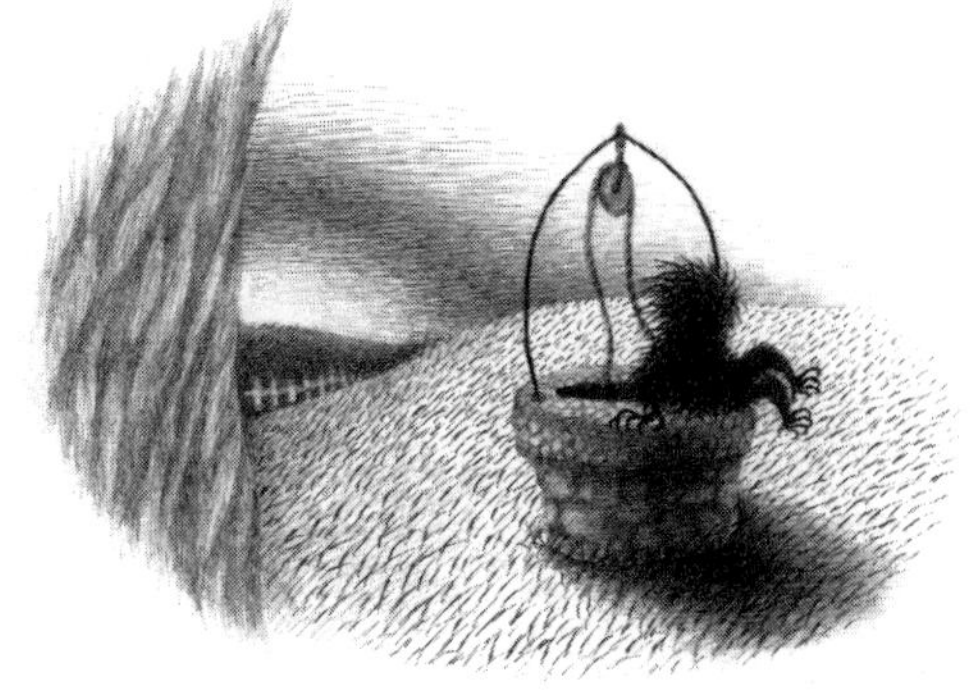

Old Fillikin

ミス・エヴァンスは数学の先生だった。ごわごわの白い肌は、ナツメグおろし器みたいにあばただらけで、唇もごわごわで血の気がなく、しょっちゅう不機嫌そうにとんがっている。ごわごわの髪は、カビの生えた麦わらみたいなくすんだ色。そして目は、分厚い眼鏡の奥からティモシーをにらみつけていた。

「ティモシー、いったい何度言えばわかるんです？　途中の式のほうも見せてちょうだい。この答えはそもそもまちがっていますけどね、たとえ合っていたとしても、これじゃ採点できません。式がないんですから。いったいどうやってこの答えにたどり着いたのか、おききしたいものね」

エヴァンス先生のフェルトペンがノートに怒りに満ちた赤いバツ印を二つ、書いた。ティモシーはノートをとてもきれいに書いていた。少なくとも、問題は美しく整然と並べてある。けれども、数字がきれいに並べられたページは今や、怒りに任せてつけたバツ印と下線と二重線で上から下まで埋め尽くされ、だいなしになっていた。しかも、それぞれの答えの横には、まちがい（wrong）という意味の大きな「W」までついている。今では、見るも無残な状態だ。傷だらけの顔、じゃなきゃ、めちゃめちゃにされた庭みたいだ。ティモシーは見ていられずに目をそむけた。

「それで？　どうやって答えを出したの？　なにをきかれているのか、あなた、わかってる？」

何が問題って、北の地方の攻撃的な母音の発音で（「ア」の発音が、まるでひっぱたくかひっつかむにあるaみたいな短い「ア」なのだ）のっぺりとした声を張りあげて手厳しい質問をされると、脳に小さな鋭い釘を打ちこまれるような気がすることだ。たちまち理解力とか機転とかいったものはどこかへ消え去って、頭の中が真っ白になってなにも感じなくなり、空っぽの壺みたいに音だけがこだまして、エヴァンス先生が釘を打ちこんだ穴から脳みそが漏れ出していく。

「わかりません」ティモシーは口ごもりながら言う。

「わからない？　わからないってどういうこと？　なにもしないで答えにたどり着くはずないでしょう！　それとも、頭にポッと浮かんだ数字をただ書いたとか？　これでもし答えが合っていたら、だれかのノートを写したんだと思うところですよ。そうじゃないのは、明らかですけどね」

エヴァンス先生は苛立ちのあまりどうかなりそうなようすで、分厚いレンズのうしろからネジの先っぽみたいに鋭い目線でティモシーをつらぬいた。

もちろんティモシーも人のノートを写すほどバカじゃない。計算が正しくできたことなどほとんどないのだ。全問正解だったりしたら、たちまち疑われるに決まってる。

「まあ、全問まちがってるんですから――そもそも原則がわかっていないということは明らかですから新しい問題を出すしかありませんね。では――八章のはじめからやってみなさい。六十四ページから七十ページまでですよ」

ティモシーの心は沈みこんだ。ぜんぶ同じたぐいの問題だった――ティモシーがいちばん嫌いなやつで、それがひたすら何ページもつづいてる。これだと、週末はまるまるつぶれそうだ、もうすでに金曜日の夕方だっていうのに。放課後、先生に引き留められたせいだ。もうずいぶん貴重な時間を無駄にしている。

「わかりましたか？　ちゃんと聞いてるの？　もう一度、どういうことなのかちゃんと説明したほうがよさそうね」

そして、エヴァンス先生は説明を始めた。ガラガラの声の説明がとぎれることなくつづく。括弧、基数、対数、サインやらコサインやらなんだよそれみたいなもの。そのうち、ありがたいことに、ティモシーの意識は解き放たれ、エヴァンス先生がなにもきいてこないのをいいことに、凧（たこ）のようにぐんぐんあがって、あがって、あがって……

「どうです？　これでわかりましたか？」先生がつっけんどんに言った。

「はい――たぶん」

「じゃあ、わたしは今、どういう説明をしましたか？」

ティモシーはボケッとした顔で先生を見た。

ところがちょうどそのとき、ありがたいことにチャイムが鳴りはじめ、寄宿生の夕食の時間を知らせた。

ティモシーははっとした。「いかないと。バスに乗り遅れちゃうんです」

エヴァンス先生はしぶしぶ折れた。

「まあ、いいでしょう。いきなさい。でも、これはちゃんとわからないとだめですよ。このままじゃ、決して試験には受からないし、将来だってなんにもできやしませんよ。ちゃんと勉強しないかぎりね。農場の仕事にだって数学は必要なんです。わたしが楽しんでやってると思わないでちょうだい。あなたのぼんやりした頭に無理やり覚えさせるなんて、わたしにとっては面白くもなんともないんですから。こうやって時間を使って、同じことを何度も何度もくりかえすなんて」

ティモシーは荷物をまとめはじめた。インクの染みのついた分厚い灰色の教科書、つやつやした新しい青い教科書、ざらざら紙のノートに、訂正で真っ赤になった緑の筆記帳。あーいやだいやだ、とティモシーは思った。見るのも触るのもいやでたまらない。井戸の底に投げ捨てて、燃やして、二度と開かないですめばいいのに。いつか解放されるんだ。

ティモシーは急いで外へ出ると、階段を駆け下りて、学校の中庭を突っきっていった。バスはまだ門の外で待っていた。飛び乗ると、どっと安心感がわきあがる。ティモシーはチクチクするパイル地の座席にドサッと腰を下ろした。

これから二日間、エヴァンス先生とにっくき数学のことを頭から消し去ることができれば、どんなによかっただろう。果樹園のクルミの大木の下にのんびりすわって、ひたすら絵を描き、心が凧のように飛ぶがままに任せ、なにも考えずに、鉛筆がどんな絵を描き出すだろうってことだけを考えて、そう、あとでどんな色に塗ろうって、それだけを考えて。だけど、今やその計画はおじゃんになり、うんざりするような問題を何時間もかけて解かなきゃならないのだ、数学のあいだで身動きが取れなくなって。悪魔のからくりに囚われたネズミみたいだ、自分が作ったんでもない、しくみもなにもわからないからくりに。

バスが橋のそばの角で止まると、ティモシーは降りて、柵を乗り越え、畑を突っきって、自分が住む農場へむかった。荷車用の小径へまわることもできる。実際、郵便配達人はそちらからくるけど、それだと遠回りだった。畑は温まった干し草の香りがする。農家の庭の乾いた土のにおいや牛の飼料や牛乳や、トラクターのオイルのにおいもした。オンドリが果樹園でコケーコッコッコッコと鳴き、アヒルたちがすぐ手の届くところでガアガア騒いでいる。素朴で気持ちの安らぐ慣れ親しんだ風景だったけれど、それさえ今は、ティモシーの心を慰めることはできなかった。無力な友のように、牢獄に引きずられていくティモシーに手を伸ばすことしかできなかったのだ。

「決まりなんです、わかりますよね?」エヴァンス先生はそう言って、ティモシーをどなりつけた。「覚えなきゃならないものなんです」

「どうしてさ?」ティモシーはそうききたかった。「だれがそんな決まりを作ったの? どうしてそれが正しいってわかるのさ? どうしてひっくりかえして掛け算するんだ? どうしてマイナス一の平方根はないわけ?」

次の朝、ティモシーは外に出かけ、教科書を手に果樹園のクルミの大木の下にすわった。古井戸のすぐそばだ。家の中で、台所のテーブルにすわってやったほうが集中できるのはわかっていたけど、おだやかで暖かい日だったので、外に出ずにはいられなかった。もうすぐ霜の降りる季節になる。クルミの葉はすでにバターのような黄色に染まり、ひらひらと落ちはじめていた。枯れた草むらにつぶれたクルミの殻がちらばり、はだしの足が茶色に染まっている。日が落ちるのがどんどん早くなってきていた。

ティモシーはふとおばあちゃんが昔よく聞かせてくれた讃美歌を思い出した。

毎朝、真っ赤な日がのぼる
明るくてあたたかな
けれど、すぐに日は沈み

暗く寒い夜がくる

そのころ、ティモシーはこの歌詞が怖くてたまらなかったけど、理由はわからなかった。なんとか宿題にとりかかろうとする。「2nマイナス1個の玉が存在していて、うちひとつの玉の重さが異なるとき、天秤をn回利用することで、そのひとつの玉をみつけなさい。ただしnは4以上とする……」けれど、ティモシーの思考は、砂に吸いこまれていく川のようにちょろちょろと流れ出ていった。いつしかティモシーは二年前に亡くなったおばあちゃんの夢を見ていた。夢の中で、おばあちゃんとティモシーはこの果樹園にいたけれど、季節は冬で、一面灰色の厚い霜が降り、大きな枝も小さな枝も草の葉もすべて、毛皮のような霜に覆われている。おばあちゃんは井戸から水を汲むために、うちからトタンの古桶を持ってきていた。

「水道の水はおまえの体によくないからね」おばあちゃんはいつもそう言っていた。「水道管を通った水を飲むんじゃないよ。内臓がスズで覆われちまって、献金箱みたいにチャリンチャリン鳴りだすからね。それに、水道水には**エン・カブツ**と**フッカツ・ブ**と**ボウフラ**が入れられてるんだよ。まるで体のためだってみたいにね。ハッ、笑わせるよ！　あんな水百ガロンもらったって一ペニーだって払わないよ。あたしゃ、井戸水のおかげで長生きできたんだし、これからだってそうさ。井戸水はおいしいからね。味も素っ気もない水道水とはおおちがいだよ」

「おばあちゃん、ぼくが水を汲むよ」ティモシーは井戸のくるくる回す重たい取っ手をつかんだ。

「さすがあたしの孫だね！　百八回、回すんだよ」

「108は9×12。9×10は90で、9×11は99で、9×12が108だ」

「そりゃ、おまえの教科書の話だろ。あたしのはちがうんだよ、あたしらのはちがうんだ！」

おばあちゃんは口元に皮肉めいた笑みを浮かべ、白地に青い模様のエプロンの上で腕を組んで、ティモシーが数を数えながら取っ手を回すのを見ていた。八十九、九十、九十一、九十二……円錐を二つくっつけた形のバケツが水を滴(したた)らせながら上まであがってくると、ティモシーはバケツを傾けておばあちゃんの小さな桶に水を注ごうとした。そのとき、おばあちゃんがさけんだ。

「おや、だれがいっしょにあがってきたかと思ったら！　フィリキンじいさんだよ！」

それを聞いたとたん、なぜかティモシーは怖くてたまらなくなり、バケツの中を見ずに落としてしまった。バケツは大きな音を立てて井戸の中へ転がり落ちていき、そこでティモシーは目が覚めた。

おかしな夢だったな、と昼間の光の下で夢のことを思い返しながら、ティモシーは考えた。というのも、ティモシーはおばあちゃんのことが大好きだったのだ。ティモシーのお母さんはティモシーが二歳のときに亡くなり、ティモシーはおばあちゃんに育てられた。おばあちゃんはやさしくてせっかちで話好きで、ティモシーがお腹を空かせたり痛い思いをすれば、いつだってリンゴとハグと肉汁をぬったパンをくれた。それに、頭の中には、びっくりするようなアイデアとおかしな知識が詰まっていた。

「キツネのレナードは、ハスタールーの森にお宝を隠してるんだ。それさえ見つかれば、あたしは編み物とおさらばだし、おまえも考えるのをやめられるよ。考えることが多すぎるんだよ、おまえさんの歳にしちゃね」

「Nの字はのたくってるウナギさ。名前は、〈名無し〉で、やつの数字は〈9（Nine）〉なんだよ」

「王さまっていうのは必ず立ったまま死ぬんだ。だからあたしもそうやって死ぬつもりだよ」

立つといえば、戸口に立って、郵便配達人にむかってどなったこともあった。「明日、あたしに手紙を持ってこなかったら、あんたの名前を葉っぱに書いて、引き出しにしまっちまうからね！」

おばあちゃんのことを魔女だと思っている人たちもいた。しょっちゅうブツブツひとり言を言っていたせいだ。でも、ティモシーにしてみれば、おばあちゃんにおかしなところなんてひとつもなかった。一度だって、怖いと思ったこともなかったのだ。

「おばあちゃん、だれと話してたの？」台所へ入っていったときに、おばあちゃんがさかんにいつものひとり言を言っていたりすると、ティモシーはそんなふうにたずねた。

「フィリキンじいさんと話してたのさ」おばあちゃんはいつもそう答えた。「今日のごはんはなに?」ときくと、必ず「酢漬けのしつもんの入ったびっくりパイさ」と答えたのと、同じだった。

「フィリキンじいさんってだれ?」一度、そうきいたこともある。すると、おばあちゃんは、

「フィリキンじいさんはあたしの友だちさ。親しい友だちなんだよ。だれだって、友だちをひとりくらい、ふところに隠し持ってるものさ」と答えた。

「ぼくにもいるの?」

「もちろんさ。絵を描いて、名前を呼んでごらん。そうしたら、出てくるから」

さて、ぼんやりとした暖かい日差しの中、井戸のそばにすわって、ティモシーは考えはじめた。おばあちゃんの親しい友だちのフィリキンじいさんは、本当にいたとしたら、どんな姿だったんだろう。なぜかそう考えると、落ち着かない気持ちになり、ティモシーは数学の問題に頭をもどそうとした。

「2nマイナス1個の玉が存在していて、うちひとつの玉の重さが異なるとき……」けれども、数字や記号にまぎれて、どうしてもフィリキンじいさんの姿が浮かんできてしまう。そのうち、ほとんど無意識のうちに、ティモシーはノートのざらざらした紙に落書きを始めた。

フィリキンじいさんはまさにページから飛び出してきそうだった。線を引くごと、鉛筆の先が紙に触れるごとに、じいさんの姿はみるみるはっきりしていく。フィリキンじいさんは、毛の生えたカエルに似ていた。ぶよぶよしていて、触るとつぶれてしまいそうだ。腐ったナシか、湿っ

た羽根ぶとんみたいだけど、一方で、かぎづめとずらりと並んだ鋭い牙を持っている。目は抜け目なく、ちょっとおばあちゃんの目に似ている。でも、同時にどこか悲しげな、とほうにくれたような表情を宿していて、そこもおばあちゃんの、誤解されるのに慣れてしまったようなところに似ていた。夕ぐれに高い土手のふもとの狭い小径で出くわしたい生き物ではない。最初、大きさはあいまいにしか浮かばなかった。リンゴくらいだろうか？　井戸から引き上げたバケツの中にぷかぷか浮いているくらいの大きさ？　それとも、タムワース種のブタのベラくらいかもしれない。その答えは鉛筆が教えてくれた。絵の中のフィリキンじいさんのうしろに描かれた門からすると、じいさんは少なくとも六十センチはありそうだった。

「ウヘッ」ティモシーは自分の絵にショックを受け、ページを破りとると、くしゃくしゃに丸めて、井戸の中に放り投げた。

$$\frac{dy}{dx} = \lim_{dx \to 0} \frac{f(x+dx) - f(x)}{x}$$

「数字ね！」おばあちゃんが鼻で笑ったのを思い出す。何年か前、ティモシーが掛け算の7の段でどうにもこうにも行き詰まってしまったときだった。「数字さえあればなんだってどうにかなると思ってる連中はいるけどね。レンガみたいに地面に並んでるとでも思ってるのかね！」

「どういう意味？」

「あいだをすり抜けられないと思いこんでるってことさ！」

「だけど、どうやってあいだをすり抜けられるの？　1と2のあいだにはなにもないじゃない。1と半分ならあるかもしれないけど」

「数字は一種類しかないと思ってるのかい？」

「もちろんだよ！　1、2、3、4、5、6、7、8、9、10だよ。フランス語なら、アン、ドゥー、トロワ……」ティモシーはもったいぶって言ってみせた。

「ハン！　数なんてもんはね、どっかのマヌケが勝手に作った決まりにすぎないよ。バカ者どもがはしっこから落っこちないように作ったただの塀なんだよ」

「はしっこってなんの？」

「ほら、庭からパセリを一束、摘んどいで！」

おばあちゃんは面倒になると、いつもこうやってティモシーを黙らせた。おばあちゃんはひとりで過ごす時間が大好きだったけれど、だとしても、ティモシーがもどってくると、いつだってとてもうれしそうだった。

「矢印↓は、極限値としての任意の値に……」

「ティモシー！　ディおばさんが昼ごはんだって呼んでるぞ！」お父さんが大きな声で呼ぶのが聞こえた。

「わかった、今いく！」

「今、井戸の中に紙を落とさなかったか？」

「うん、落とした」ティモシーは恥ずかしくなってうなずいた。

「いいか、もうやるなよ！　あの井戸の水を飲んでないからって、ゴミ捨て場にしていいってわけじゃない。食事が終わったら、拾っとけ」

「ごめんなさい、お父さん」

食事のあいだ、お父さんとディおばさんは地元の裁判の話をしていた。ある男が、犬をけしかけて――いや、わざわざ訓練してとなりの家へやり、いやがらせをしていたというのだ。子どもたちが嚙まれ、花壇に穴を掘られた。裁判所は犬を処分するように命じた。ディおばさんは犬が大好きなので、この件にすっかり腹をたてていた。

「悪いのは犬じゃないよ！　飼い主のせいさ。処分するっていうなら、飼い主のほうだよ。牢屋に閉じこめりゃいいんだ！」

ぼくが犬を飼ってたら、毎晩エヴァンス先生のうちへいって、窓の下でワンワン吠えるように訓練するのに。そしたら、先生は授業中に寝ちゃうだろう。じゃなきゃ、猫用のドアから中へ入って、先生をベッドから引きずり出して……

「ほら、起きろ、ぼうず。うとうとしてたぞ」お父さんが言った。「学校の勉強ばっかりやってるからだ。午後はいっしょにきて、家畜の餌を運ぶのを手伝え」

「先に数学をすませなくちゃいけないんだよ。まだたくさんあるんだ」

「あたしに言わせりゃ、宿題が多すぎるよ。頭がごちゃごちゃになっちまう」ディおばさんが言った。

「じゃあ、とにかく井戸の紙くずを拾っておけ、いいな?」お父さんが言った。

下をのぞくと、ちらちらと光る白いものが見えた。バケツの上にひっかかっている。もう井戸は使われていないけど、バケツはまだぶらさがったままになっていた。バケツを巻きあげるのは一苦労だった。取っ手はぜんぜん油をさしていないせいで、回すたびにキィキィとひどい音を立てるのだ。それでもやっと、身を乗り出してくしゃくしゃの紙をつかむことができた。手を離すと、取っ手はものすごい勢いでぐるぐる回って、バケツはガランガランと音を立てながら井戸の底へ落ちていった。

ところが、ふしぎなことに、丸めた紙にはなにも描かれていなかった。ティモシーはほっとしたようながっかりしたような気持ちに襲われた。フィリキンじいさんが、覚えているとおりぞっとする姿だったかどうか、見たかったのだ。ちがうページを破ってしまったのだろうか？　でも、ほかに絵の描かれたページはなかった。けっきょく、井戸の湿った空気のせいで鉛筆の線が消えてしまったんだろうと思うことにした。紙は冷たくて、やわらかくふにゃふにゃしていて――いやな感触がする。ティモシーはうちへもどって、台所の石炭のかまどの中に紙を突っこんだ。

それから、うちの中で一時間ほど宿題をして、どうにかこうにか問題を解いていった。エヴァンス先生はまたカンカンになるにちがいない。どう見ても、まちがっているからだ。だけど、どうしたって、土曜日をまるまるこんな作業のためにつぶすわけにはいかない。できるところは、小さな計算機を使って答えをたしかめた。すばらしい便利な機械は、ひけらかしたりしないでころよく、ティモシーの頭よりもはるかに早くパッと答えを表示してくれた。農場の仕事にだって数学は必要なんです、というエヴァンス先生の言葉を思い出す。だけど、ぼくが農場で働くようになったら、こういう計算はぜんぶコンピューターにやってもらうんだ、ぼくは実際の作業だけをやればいい、とティモシーは固く決意した。

ようやく宿題から解放されると、お父さんはトラクターを運転させてくれた。もちろん法律ではやってはいけないことになっているけど、ティモシーは十歳のころから運転していて、農場主のケニーよりもよっぽどうまい。「ぜんぶの法律を守ってられないさ。法律の中には、破られるためにあるものもあるんだ。農夫の息子はみんな、トラクターを運転してる。法律は、バカどもを守るために発明されただけなのさ」とお父さんは言った。おばあちゃんが数字について言っていたことと同じだった。

その夜、ティモシーはフィリキンじいさんの夢を見た。フィリキンじいさんが井戸から出てきて、畑をぴょんぴょん跳びはねながら、マークハースト緑地のほうへむかっていく。エヴァンス先生の家がある場所だ。ティモシーが夢の中であとをつけていくと、フィリキンじいさんはぶかっこうなわりに軽やかな身のこなしで猫用のドアに這いのぼり、するりと中に入っていった。「だめ！　お願い、もどってきて！」ティモシーは呼びかけようとした。「ぼく、そんなつもりじゃ……本気じゃなかったん――」

ペタンペタンと、フィリキンじいさんが階段をのぼっていく音がする。悲鳴をあげて目を覚ますと、シーツと毛布がくしゃくしゃになって体にからまっていた。

日曜の夜の夢は、もっとひどかった。その夜、ティモシーは計算機をベッドに持っていって、9の段の計算を、表示画面に入りきらなくなるまでやった。

それから、おばあちゃんの歌っていた讃美歌を歌った。「毎朝、真っ赤な日がのぼる／明るくてあたたかな／けれど、すぐに日は沈み／暗く寒い夜がくる」

考えるのをやめることさえできれば！　とティモシーは願った。おばあちゃんが言っていたことを思い出す。「キツネのレナードは、ハスタールーの森にお宝を隠してるんだ。それさえ見つかれば、あたしは編み物とはおさらばだし、おまえも考えるのをやめられるよ」こんなことも言っていたっけ。「王さまっていうのは必ず立ったまま死ぬんだ。だからあたしもそうやって死ぬつもりだよ」

とうとうティモシーは、不安な浅い眠りについた。

月曜日は、一時間目が数学で一時間半つづく。いつもはそれがいやでたまらなかったけれど、今日は別の意味で、エヴァンス先生に会いたくてたまらなかった。先生が無事かどうか、たしかめたい。日曜日の夢で、フィリキンじいさんは、細く開いていた先生の部屋のドアをあけて中に入り、ぴょんぴょんと床を跳ねていった。そして、沈黙が訪れた。ゴソゴソとなにかを動かしている音だけがする。すると、次の瞬間、血の凍るような悲鳴がひびきわたった。バケツが転がり落ちていくときの井戸の取っ手の音そっくりな。

ただの夢さ、ティモシーは何度もつぶやきながら、学校へいくバスに乗った。ただの夢に決まってる。

ところが、数学の授業にはガレスピー先生が現われた。エヴァンス先生は学校にこなかったらしい。やがて、うわさが流れはじめた。昨夜、エヴァンス先生は心臓発作を起こし、病院につくまでに亡くなったという。

その日の夕方、ティモシーはバスを降りると、夕闇の迫る畑を家へむかって歩きはじめた。ふだんよりも速足で、きょろきょろまわりを見まわしながら。
どこだ？　考えずにはいられない。
フィリキンじいさんは今、どこにいる？

ルビーが詰まった脚

A Leg Full of Rubies

夜だ。若いテーセウス・オブライエンは、肩にフクロウをのせ、キリンチの大通りをやってきた。小さな町が目にした中でも、いちばんと言っていい奇妙な光景だっただろう。泥炭がたまってもりあがった湿原が、のしかかるように町を囲み、広い通りのむこうから川のため息が聞こえてくる。八月の夜は、新鮮な牛乳の入ったバケツみたいにやさしく満ちていた。

テーセウスが、トム・マホンのこぢんまりした酒場に入っていくと、町の男たちが集まって、おだやかなようすで、タバコを吸ったりウィスキーを飲んだりしていた。どこか野性味のある男が、夜の顔つきをまとってランプの光の輪に入ってくると、孤独のにおいがたちのぼり、暗がりをのぞきこむ目の奥がかすかに光った。肩のフクロウは、コーヒーポットみたいにじっとしている。

「さてと、おまえさんに神の恵みがあるように！　それで、どんなご用かね？」

トム・マホンはそう言うと、強い酒をほんの少し注いで、テーセウスの四つの骨を温めてやった。

「この町に獣医はいますか？」テーセウスはたずねた。

見ると、フクロウは片方の翼にけがをしていた。羽根が乱れててんでバラバラな方向を向いている。「こいつを治してくれる人はいないでしょうかね」

「ああ、それならキルヴァニー先生がいるよ」男たちは言った。「病気の動物にかけちゃ、魔法使いみてえだからな」「それに、このあたりのだれよりも岩を遠くに投げられんだ」「ルビーの詰まった義足があるんだよ」「不死鳥を飼ってる」「それに、人生の一分一分が数えられてんだ、砂の最後の一粒までな。ああ、まちがいねえ、先生ならあんたを助けてくれる」

男たちが口々に言うあいだ、フクロウは大きな丸い目でみなを見つめていた。

獣医の診療所まではほんのひとまたぎで、店にいた客の半分がそちらを指さして教えてくれた。獣医はその晩、小さな黒い火のそばで遅い夕食をとっていたが、ノックの音が聞こえたので、ろうそくを持ってドアをあけにいった。

「フー」獣医を見ると、フクロウは鳴いた。「だれ（フー）、だれ（フー）？」たしかにこの奇妙な男は何者だろう？　男の長い白髪と悲しみに燃えるような目を見て、テーセウスはそう思いながら、彼のあとについて石畳の通路を歩いていった。

フクロウの翼が固定されるまではひと言も交わさなかったが、それから、テーセウスが疲れているのに気づいた獣医は、椅子を勧め、ワインを飲むように言った。

「おすわり。少々、話したいことがあるのだ。このフクロウは飼いはじめてどのくらいかね？」

「飼う？　こいつは飼ってるわけじゃありません。湿地で見つけたんですよ。治りそうですか？」

「三日もたてばよくなるだろう」キルヴァニーは言った。「きみこそ、わたしが求めていた男のようだ。野の生き物を愛する心を持っている。きみも医者なのではないかね？」

「ええ」そう答えてから、テーセウスは悲しそうに言い直した。「以前はね。でも、だんだんと患者さんたちの苦しみを目にするのが耐えがたくなり、そこから逃れたくて、旅に出たんです」

「わたしの診察室にこないかね？　見せたいものがあるのだ。きみのような男をずっと探していたのだよ」

途中、台所を通ると、少女が皿を洗っていた。湖のようなブルーの目に、真っ黒な髪をしている。小柄で荒々しく美しいさまは、ハヤブサのようだ。

「娘だ」獣医はそっけなく言った。「マギー、もう寝なさい」

「鳥たちに餌をやったらね。その前は無理よ」少女はぴしゃりと言った。

片側の壁は鳥籠につぐ鳥籠で、埋め尽くされていた。フィンチや、ツグミ、ムクドリに、クロウタドリが眠そうに体を動かし、さえずっている。

診察室に入ると、そこには鳥籠はひとつしかなかったが、人間が入れるほど大きかった。中には、テーセウスが見たこともないような鳥がいた。羽根はすべて純金で、目はろうそくの炎のようだ。

「わが不死鳥だ」と、獣医は言った。「あまり近づかないようにな。凶暴なのだ」

不死鳥はじりじりと籠の前まで出てきた。目に悪意をたたえ、鋭いくちばしをふりあげた。テーセウスは籠から離れたが、そのとき部屋の反対側に巨大な砂時計が置いてあるのが目に入った。上下二つの球体には、リヴォルノじゅうの卵をすべてゆで卵にしてもまだ余りそうなほどの砂が入っていたが（注：リヴォルノ＝Leghornは卵用鶏の品種名でもあるため、この地名を選んだと思われる）、ほとんどの砂はすでに真ん中のくびれから下へ移動したあとで、わずかに残った砂が細い筋となって、ものすごい速さで下のピラミッド形の山へ流れ落ちていくので、今にも、最後の一粒が渦巻くようにくびれを通って消える瞬間が見られそうだった。

「ぎりぎりで間に合ったようだ。わたしの時がきたのだよ。ここに、きみをわたしの後継者兼相続人として任命する。わが鳥たちをきみに譲ろう。きちんと餌をやり、やさしく世話をしてやれば、歌を歌ってくれるだろう。だが、なにがあっても、決してあの不死鳥は籠から出してはならぬ。あいつは性分がねじけているのだ」

「そんな、だめです、キルヴァニー先生！　先生はまちがっておられる！　おれにそんなことを押しつけるなんて！　あなたの鳥たちなど、羽根の一枚たりとも、ほしくありません。生き物を籠に閉じこめておくなんて、できない！」

「飼ってもらわねば困る」キルヴァニーは冷ややかに言った。「ほかにだれを信用しろというのか？　それに、きみにはルビーの詰まった義足も遺そう。いいか、こうやって外すのだ」

「やめてください！　知りたくありません！」テーセウスはさけんだ。

そして目を閉じたが、木の柄を上下させるようなキィキィという音が聞こえた。

さらに、獣医は言った。「それから、これもやろう。この砂時計だ。ほら、わたしの最後の一粒が落ちていく。次はきみの番だ」そして、落ち着き払ったようすで砂時計をひっくりかえすと、砂はふたたびサーッと静かに勢いよく落ちはじめた。

「診療時間は、外に掲示してある。薬はあそこの戸棚の中だ。助産婦はブリジット・ハンロン。娘が鳥たちの餌やりと料理をする。今夜はそこのベッドで寝るといい。ぜったいに不死鳥を籠から出すな。約束だぞ」

「約束します」テーセウスはぼうぜんとして答えた。

「では、お別れだ」キルヴァニーは入れ歯を取り出すとテーブルの上に置き、部屋を見まわしてなにも見落としてないことをたしかめると、約束に遅れたかのような足どりで階段をのぼっていった。

テーセウスは一晩じゅう、診察台の上で不安な夜を過ごした。サーッと砂の落ちていく音が絶えず聞こえ、不死鳥がカサカサと動きまわり、鉄の籠でくちばしを研いでいる。朝日が差しこむと、狂気をたたえた目がこちらをにらんでいるのが見えた。

朝、キルヴァニーは死んでいた。

葬式は立派だった。町じゅうの人々が最後の別れを言いに訪れた。だれもが薬をもらい、包帯を巻かれ、ほとんどの者が赤子のとき、取りあげてもらっていたのだ。

「悲しいことだなあ」トム・マホンは言った。「それに、先生の飼っている鳥のコレクションは、ダブリンのこっち側じゃあ、いちばん立派だったからねえ。お若い先生が跡を継いでくださるのは、本当にありがたいこって」

けれども、テーセウス・オブライエンの心には幸せな気持ちなどみじんもなかった。それこそ、自分が囚われの鳥のような気がしてくる。鳥たちの羽音や、部屋の隅からにらみつけてくる不死鳥の憎しみに満ちた目、そしてなによりも、絶えずサラサラと落ちつづける砂の音は、迫る恐怖をささやいているようで頭がおかしくなりそうだった。

しかも、それだけでは足りないというように、葬式から帰るとすぐに、マギーが絨毯（じゅうたん）地のかばんに服を詰め、町の反対側にいる叔母の家へいってしまった。ローズというこの叔母は、干し草と飼料の店を営んでいた。

「世間体が悪いですから、あなたのために家事をするのは。独身でいらっしゃるんですから」マギーはそう言って、テーセウスがいくらたのんでも、ますます頑なになるだけだった。「これ以上一日たりとも、籠に閉じこめられたかわいそうな鳥たちと暮らしたくないんです。見るのも聞くのも、もうごめんです」

「ぜんぶ放してやるから！　一羽残らず放してやるよ」

テーセウスはそう言ってから、キルヴァニーの最後の言葉を思い出して、心が沈んだ。「つまり、不死鳥以外は」

マギーはそっぽをむいた。町の通りを歩いていくマギーの小さな誇り高い背中が、やがて橋を渡って見えなくなるまで、テーセウスはじっと見送っていた。まるで彼の心もマギーとともにいってしまったかのようだった。

その次の日、テーセウスは獣医の鳥たちをぜんぶ放してやった。フィンチも、ツグミも、ムクドリも、クロウタドリも、キツツキも、サギも。そして、これでマギーも少しはやさしい目で見てくれるだろうと、そのことを伝えに、干し草と飼料の店へむかった。

町の人たちは新しい医者を好ましく思うようになっていたが、いつもうつむいて悲しそうな顔をしているのが不憫だった。「なにを悩んでるのかねえ？」町の人たちは互いに言い合い、トム・マホンが答えた。「悲しみに沈んでるのは、前のキルヴァニー先生とおんなじだ。この町で医者をするってのは、健康によくないんだろう」

けれども、気の毒な若者は仕事で悩んでいるのではなかった。というのも、ここの患者たちは、これ以上望めないほど、みなのんびりしていたからだ。テーセウスを悩ませているのは、絶えず落ちつづける砂だった。

まだ球体いっぱいの砂が残っていたが、それがどんどん減って籠一杯分ほどになり、ついには茶碗一杯分になる日のことを考えずにはいられなかった。その思いは、胴枯病のように彼の意識に居すわった。自分の最期が訪れることを告げ知らされるというのは、葬送の辞でなんと言われようが、どうしたって不健全なことだった。

砂だけでなく、不死鳥の容赦ない憎しみのまなざしも、テーセウスを苦しめた。どんなごちそうを用意しようと、粒餌や粗挽きトウモロコシ、すり餌や最高級の鉱物飼料を買ってきたところで（干し草と飼料の店へいくのが、一日の中でいちばんの楽しみになっていた）、不死鳥は、近づいてこようものなら鋭いくちばしで骨まで引き裂いてやろうとばかりに待ち受けていた。なにをやっても、ほんの少しつつく程度にしか食べない。そんなふうに毎日が過ぎるにつれ、鳥の獰猛な暗い目がつねにテーセウスの体の一点を見つめていることに気づいた——左脚だ。彼の左脚になにか特別な関心を抱いているように思えることもあった。あたかも、脚は自分のものであり、自分の所有物がいい状態で保たれているかを見張っているかのようだった。

ある晩、患者に添え木が必要になり、テーセウスは高い棚に置いてあるマレットと松葉づえと骨ノミを取ろうとした。ところが、椅子を踏み台にしてあがろうとしたとき足をすべらせ、落ちたひょうしに棚から巨大な外科用ノコギリがふってきて、すぐ横に大きな音をひびかせて転がった。左の膝頭から羽根一本分もない場所だった。テーセウスはショックで真っ青になり、体を起こしてふとふりかえると、不死鳥がいつものようににらみつけていた。こちらを見る目に浮かんだ食い入るような表情と失望の色が、肉屋の小僧がまちがった部位を持ってきたのを見た主婦を思わせた。

寒気に襲われ、全身を震わせながら、テーセウスは慌てて部屋を出た。

次の日、乾燥ミルクと抗生物質を加えたねり餌の入った袋を抱え、マギーのブルーの瞳と黒髪を思い返しながら橋を渡っていると、トラクターがものすごい勢いで突っこんできて、彼のすぐ横をかすめて、欄干に衝突した。左脚のほんの一センチ先だった。

またもやテーセウスはガタガタと震え、言葉を失い、血の気の引いた顔でうちへむかったが、ぞっとするような考えが頭から離れなかった。不死鳥は羽に頭をうずめるようにして、止まり木で背中を丸めていた。

「おい、不死鳥、答えてくれ」テーセウスは不死鳥にむかってさけんだ。「どうしておれを苦しめるんだ？　おれを破滅させたいのか？」不死鳥は答えなかったが、悪意に満ちた目で彼の左脚を見つめた。それを見て、テーセウスはキルヴァニーのルビーの詰まった義足のことを思い出した。「あの義足をつける気はないぞ！　たとえルビーやダイヤモンドが詰まっていたとしてもな！」

そう言いながらも、心の奥底では、自分が両脚で歩いているかぎり不死鳥は満足しないだろうとわかっていた。それからというもの、テーセウスは猫のように足音をしのばせ、あらゆる危険を見逃すまいときょろきょろしながら歩くようになった。ゆるんだタイル、煮えたぎった鍋、暴れ牛。町の人たちはあきれたように首をふった。

幸せなのは、マギーといるときだけだった。店はほっておいて散歩へいこうと誘い、マギーがきてくれると、心配事はあとに残して、二人して町から遠く離れたところまで歩いていく。マギーの叔母は、いっしょに暮らしてみると、さもしいケチな女で、鶏の餌に砂をまぜたりトウモロコシに砂利を入れたりしていた。マギーはそうした商売のやり方にがまんならなかった。

「お金がたまったら、すぐにこの町を出て外の世界へいくつもり」マギーは言った。

「そんな！」テーセウスは思わず声をあげた。そして、初めて勇気をふりしぼった。「結婚してくれ。この国を端から端まで探したって、これ以上幸せなひとはいないっていうくらい幸せにする」

「あなたとは結婚できない。ぜったいに無理、不死鳥を飼っている人とは結婚できない」

「だれかにやってしまおう。だれかにやって、あいつのことは忘れるんだ」けれども、そう言いながらも、そんなことはできないとわかっていた。悲しみに暮れながら二人はキスをし、薄闇に包まれた湿地をあとにしてうちへむかった。

「昔から、あの不死鳥が災いをもたらすことはわかっていたの。お父さまが旅の鋳掛屋から買ってコレクションに加えた日から。そのとき、お父さまは掘り出し物だと言っていた。鋳掛屋がサービスで義足と巨大な砂時計もつけたから。でも、その日以来、お父さまは人が変わってしまった」

「お父さんはなにで支払ったの？」テーセウスはたずねた。

「心の平和。鋳掛屋が要求したのは、それだけだった。でも、あまりにも大きな代価だったと、わたしは思ってる。あの忌まわしい鳥の邪悪な目つきや執念深さときたら！」

マギーが家へ入るのを見届けると、テーセウスは公立図書館へいった。キルヴァニーの家へ帰ると思うと、耐えがたかったのだ。冷え冷えとして、不死鳥が止まり木で体を揺らす音のほかは静まり返ったあのうちに。テーセウスは棚から百科事典のOWL〜POLの巻を取ると、閉館時間まで読んでいた。

次の日、またマギーに会いにいった。

「マギー」テーセウスの目は希望で生き生きとしていた。「答えを見つけたと思う。産卵鶏用の粒餌を二十五キロぶんくれないか」

「十四シリングだよ」ローズ叔母がそっけなく言った。たまたま店にいたのだ。髪を貧相な団子に結い、小さなグリーンの目は千枚通しのように鋭かった。

「現金で払うから割引してもらいますよ」テーセウスもつっけんどんに言い返し、十三シリング九ペンスをバンと置くと、マギーにキスをして、袋を抱えうちへ急いだ。もう少しでつくというとき、教会の屋根のスレートが落ちてきた。もし頑丈な長靴を履いていなかったら、脚が切断されていただろう。テーセウスは家の中へ駆けこみ、不死鳥にむかってこぶしをふりあげた。

「どうだ！」テーセウスはどなって、餌桶いっぱいに産卵鶏用の餌を注ぎ入れた。「そいつを腹に詰めこめ、この出来損ないの鳥め！」

　不死鳥は首をかしげた。そして、餌を一粒つつき、バカにしたように首の羽を膨らませ、片方の目に嘲り（あざけ）の色を浮かべてテーセウスをねめつけた。テーセウスは身を乗り出すようにして、鳥を見つめた。鳥は二粒目をつつくと、片方のかぎづめでぶらんと止まり木からぶらさがり、床へおりてきて、金色の頭を餌桶に突っこんだ。テーセウスは足音をしのばせて部屋を出た。外で焚き付け用の枝を何本か切り（たくさんではなく、よく乾いた細い枝をひとつかみぶんほど）、部屋へもどると、不死鳥はまだ頭を突っこんでガツガツと餌を食べていた。テーセウスは枝を、鳥籠にあまり近すぎない、ちょうど鳥から届くあたりに置いた。

次の日の夕方、診察が終わると、テーセウスはほとんど走るようにして干し草と飼料の店へいった。「きてくれ。あいつがなにをしてるか、見てほしいんだ！」テーセウスは弾んだようすで言った。

マギーは好奇心で目を輝かせてついてきた。診療所につくと、パキンパキンという音が聞こえてくる。不死鳥が枝をぴったりの長さに折って、床に並べていた。うまく重ねようと床に積みあげるのだが、気に入らないらしく、またぜんぶ引き抜いて、はじめからやり直すのをくりかえしている。餌はぜんぶ食べ終わっていて、太って羽がつやつやして見えた。

それを見て、マギーは言った。「テーセウス、あの鳥を逃がしてやらなきゃ。籠の中に巣を作るなんて無理よ。そんなの、鳥にふさわしくない」

「だけど、約束があるじゃないか」

「わたしは約束してないわ」マギーはそう言うと、籠の扉のほうへ近づいた。

テーセウスは手をあげて、危ないとさけぼうとした。が、口を閉じた。というのも、不死鳥が、マギーがなにをしようとしているのか気づくと、礼をするように頭を下げたのだ。だが、その後はもう、マギーのほうは見もせず、扉が開くと、さっそく小枝の山を籠の外へ移しはじめた。鳥にも、忙しいとか没頭するとか急ぐとか、そんな言葉が使えるとすれば、今の不死鳥はまさしくそれだった。

「部屋の真ん中に巣を作らせるわけにはいかないよ」テーセウスは言った。

「あら、そんなの問題ないわよ。ほら、かわいそうに、枝が足りなくなっちゃったわ」

テーセウスが枝を取りに出ていくとすぐさま、マギーは砂時計に駆けよった。テーセウスはすっかり興奮して見すごしていたが、マギーは目ざとく気づいていたのだ、砂がほとんどなくなりかけていることに。マギーが砂時計をひっくりかえすと、砂はまた逆向きに落ちはじめた。父親のときも、いつも気づかれないようにひっくりかえしていたのだ。そうしているうちに、やがて、本当に死期が訪れたのだった。

テーセウスがもどってくると、不死鳥は胸の高さくらいまで積みあげた小枝のてっぺんに誇らしげにすわっていた。

「このあとは、見ていてはだめ。礼儀に欠けるもの」そう言ってマギーはテーセウスを外へ連れ出した。けれども、テーセウスは窓の前を通るときに横目でちらりと見ずにはいられなかった。すると、きらりと金色に光るものが見えた。不死鳥が膿盆（ソラマメの形をした医療用トレイ）に卵を産んだのだ。

するど、窓からもうもうと煙があがりだした。

「さようなら、不死鳥」マギーが大きな声で言った。けれども、不死鳥は金色の炎に包まれ、こちらに注意を払うようすはなかった。

「やった！　これでもう、砂の最後の一粒がいつ落ちるかわからなくなった！」テーセウスが歓声をあげた。マギーはにっこりしたが、それについてはなにも言わずにいると、テーセウスがたずねた。「いいのかな？　このまま家が焼け落ちてしまっても」

「問題ある？　わたしたちの家なんだから」

「町の人たちはどうするかな、医者がいなくなってしまったら？」

「ドラマノウ町のコンラン先生のところへいくわよ」

「お父さんのルビーの詰まった義足はどうする？」テーセウスは燃えさかる薪の山を見やった。

「もう外へ出すことはできないもの。あのまま台所のテーブルを支えるのに置いておくしかないわ、両方燃えちゃうまでね。それよりもっと考えなきゃいけないことがたくさんあるでしょ」

こうして幸せに包まれた二人は手に手を取り、町を出て湿地へ、そして世界へと駆けだしていった。あとには、灰の中にキラキラ輝くルビーが残された。そして、黄金の卵も。いずれどこかの愚か者が拾うだろう。

ロープの手品を見た男

The Man Who Had Seen the Rope Trick

「ドレイクさん、塩とコショウを使い終わったら、きちんと並べておいてちょうだい」ミンサー夫人が言った。

「あ、ごめんなさい」ミス・ドレイクはモゴモゴと言った。「よく見えないんです、ご存知ですよね。目が悪くて」そして震える手を巻きひげのように食卓へ伸ばしたが、マスタードの瓶を倒してしまった。黄褐色のドロッとした塊で、雪のように白い糊のきいたテーブルクロスが汚れ、ミンサー夫人がヒッというかすかな声を漏らした。

「汚したのは、今週、これで三枚目ですよ。今朝、わたしが四時に起きて、洗濯をしなきゃならなかったのはご存知ですか？　こんなことがつづくようだったら、これ以上あなたを置いておくことはできませんからね」

ごめんなさいというささやくような謝罪を待つこともなく、ミンサー夫人は肉の皿をのせたワゴンを押して、食堂のドアへむかった。麦わらのような灰色の髪は頭のてっぺんでまとめられ、灰色の目はペットボトルのふたみたいに不透明で、口元は他人の非を責めるようにクッとねじれている。

「バカバカしいねェ、朝の四時に起きるなんて」ヒルさんがぼそりと言ったが、自分にしか聞こえないような小さな声だった。「だいたいテーブルクロスにマスタードの染みがついたからって、どうだっていうんだ？　テーブルクロスだろうが食卓が別だろうが、料理がよければかまいやしないがね。四時に起きるなら、まともなオートミールを作ってほしいもんだよ、こんなドロドロの塊じゃなくて」

ヒルさんがパンの皿を前に祈るように頭を垂れると、ミンサー夫人は長年くりかえしてきた手慣れした動きで白いテーブルクロスのかかったテーブルのあいだを縫うようにもどってきた。テーブルではそれぞれ、年配の下宿人が黙って口を動かしていた。

食事はおいしくなかった。「ライスプディングかバナナ、どっちにします？」ミンサー夫人はヒルさんの横で足を止めてたずねた。

「バナナを。どうも」ヒルさんは、色のないねっとりとしたプディングを見て、震えそうになるのをこらえた。バナナは熟れていなくて消化に悪そうだったが、少なくとも味はよかった。

「ウエイクフィールドさん！　シャツにグレイビーをこぼしてますよ！　また洗濯しなきゃなりませんよ。明日、新しい下宿人がくるっていうのにね。年寄りっていうのはどうしてこう気が利かないんでしょうね」

「わたしが洗います。自分で洗いますよ、ミンサーさん」ウエイクフィールドさんは気づかわしげに染みを手で隠した。

「そんなこと、できやしませんよ！」

「新しい下宿人というのはどんな人なんです、ミンサーさん？」ヒルさんは本当に知りたいというより、隣人の災難から夫人の気をそらすためにたずねた。

「オレンドッドさんといってね、インドの仕事を引退してこっちへきたんですよ」ミンサー夫人はいやな予感がするかのようにつづけた。「荷物がそんなになきゃいいんですけどね。じゃないと、これ以上置くところなんて、ありゃしませんよ」

「インドか」ヒルさんはぼそりと言った。「インドからとはな。ここじゃ、ずいぶん勝手がちがうと思うだろうね」そして、バルモラル下宿屋の食堂を見まわした。バルモラルという名前と、ミンサー夫人のスコットランド低地の訛だけが、スコットランドの雰囲気を醸(かも)していたが（注：バルモラルはスコットランドにあるイギリス王室の城の名）、それ以外はウエストクリフそのものだった。海は、七、八キロ離れたところにあって家からは見えないが、身が引き締まるような空気と、一日に二回、市のオーケストラを聴きにぶらぶらとやってくる高齢の住民たちの存在に気配を感じることができる。だれも実際には泳がないし、それを言うなら、ろくに海を眺めもしないが、長期滞在用のホテルの食卓にあがる新鮮な魚と新鮮な空気は保証されていた。

　オレンドッドさんは次の日、時間どおりにやってきた。そして、案の定、荷物はたくさんあった。

　トランクやかばん（中には異国風の見慣れない、麦わらでできているものもあった）や箱や巻物や包みが下ろされるにつれ、ミンサー夫人の表情はどんどん険悪になっていった。

「いったいどこに置くつもりなんでしょうね」ミンサー夫人は無頓着に大きな声で、荷物を運ぶのを手伝っているだんなさんに言った。

　オレンドッドさんは、褐色の肌をしたしなびたような小柄な老人だったが、聴力もなにもかもしっかりしているらしく、タクシーの運転手さんにお金を払うと、顔をあげて言った。「わたしの部屋ですよ。もちろんですとも。二人部屋ですよね？　ちゃんと二人部屋とお願いしたはずですが？」

　ミンサー夫人の頭にある「二人部屋」は、ダブルベッドを無理やり押しこめる部屋という意味だった。夫人は唇をとがらせて、値踏みするようにオレンドッドさんを見た。面倒を起こすタイプだろうか？　そうだとしたら、すぐにでも理由を見つけて追い出せばいい。もうすぐ夏だから、部屋の借り手も増えるし、貸料もあがる。いくらでもえり好みできるのだ。とはいえ、週に十ギニアだってバカにしたもんじゃない。とりあえずこのままようすを見ればいいだろう。

ミンサー家にはマーティンとジェニーという子どもがいたが、学校から帰ってくると、オレンドッドさんの荷物を見てすっかり魅了され、釘付けになった。

「見て、あの衝立（ついたて）。びっしり絵がついてる！」

「槍があるよ！」

「これ、トラの毛皮よ！」

「ゾウの足だ！」

「これは？　盾？」

「いいや、扇だよ。クジャクの羽根でできているんだ」オレンドッドさんはもの柔らかにほほえんだ。ジェニーはその顔を見て、ココアの表面にできる膜みたいと思った。かきまぜると、しわが寄るやつだ。

「お母さん、あのひと、インド人？」台所へいくと、ジェニーはたずねた。

「まさか、もちろんちがうよ、肌が褐色なのは、暑い気候のところで暮らしていたからだよ」ミンサー夫人は鋭い口調で言った。「さっさと宿題をしておいで。まとわりつくんじゃないよ」

下宿人たちもオレンドッドさんのうわさをしていた。

「あの方は、その、外国人かしら？」パーシーさんが小声で言った。「ずいぶんと変わった感じの方じゃない？　目がキラキラしていて——ダイヤモンドみたい。ドレイクさんはどう思われます？」

「わたしにわかるわけないでしょう」ミス・ドレイクはぴしゃりと言った。「五年前から、わたしには部屋の反対側も見えないってこと、忘れてらっしゃるようね」

子どもたちはすぐに、オレンドッドさんの部屋に入り浸りになった。本当は、下宿している人たちと話したり親しくなったりするのは厳しく禁止されていたけれど、キラキラ輝く目をした小柄な老人と彼の持ち物は、否応なしに子どもたちを惹きつけた。

「インドの話をして」ジェニーは、大きな黄色のガラス玉の目を光らせ、牙をむいたトラの頭をなでながらせがんだ。

「インドかい？　山は青く、木々に覆われ、エセックス州のように邪気などないように見えるが、トラや蛇がうじゃうじゃいて、サルがキーキー鳴いて枝からぶらさがってるんだ。村にいくと、土埃と牛糞を燃やす煙とお香のにおいがする。服は茶色や灰色ではなくて、どれもあざやかなピンク色や血のような赤色、目の覚めるような青緑色や、サフラン色なんだ。牛には、三メートルくらいある角が生えているんだよ」

「またインドへもどるの？」マーティンは、そんなすてきな場所と、こんなくたびれた灰色と黒と黄褐色の絨毯やらベニアのたんすやら厚板ガラスやら綿繻子の黄色いベッドカバーやらの部屋を交換するなんて、どうして耐えられるんだろうとふしぎでならなかった。

オレンドッドさんはため息をついた。「いいや、病気になってしまったんだ。それにもう、あっちでは必要とされていないんでね」それから、明るい声になって言った。「とはいえ、思い出の品をたくさん持って帰ってきたからね。これがあれば、インドは心の中で生きつづけるさ。ほら、これをごらん――それも――あれもだ」

そのすべてに、子どもたちは目を見張った。先がくるっと反り返った革製の靴、ふんだんに柄の織りこまれたシルクのガウンやマフラー、異国情緒豊かな絵の描かれた衝立（「あんなものをずっと置かせるものですか」とミンサー夫人は言っていた）、真珠（しんじゅ）のような光沢のある巨大なピンクの貝、ニヤリと笑っているねじくれた彫像、色とりどりの砂糖がまぶしてある香料入りのかたいお菓子。

「あの部屋にいってはいけません。なにか食べ物をもらったら、すぐに捨てるんですよ」ミンサー夫人は言い聞かせたけれど、風にむかって言ったようなものだった。子どもたちは宿題が終わるとすぐさまオレンドッドさんの部屋へいって、蛇と人狼の物語や、百年間生きたというワニの話、寺院で行われる謎めいた儀式や、足首から先が逆向きになった足で歩きまわる幽霊、邪眼でミルクをだめにし、隣人のまだ熟していない果物を腐らせる女の話などをせがんだ。

「オレンドッドさんも見たの？　見たことあるの？　蛇使いを？　蛇が尾で立ってるところも？　半分になったトカゲが別々に逃げていくところは？　ワシが生きた羊をさらうところも見た

の?」

「ぜんぶ見たとも。ききたいなら、蛇使いの曲を吹いてあげよう」

オレンドッドさんは、シーダー材の箱から竹でできたフラジョレットを取り出すと、吹きはじめた。プォープォーと数音だけでできた単調な節が何度も何度もくりかえされる。タッフィーという黒い毛がところどころはげている年寄り猫は、子どもたちが家にいればしじゅうついて回り、学校へいっているあいだはオレンドッドさんのひじかけ椅子でうたたねをしていたが、パッと目をあけて耳をそばだてた。下の階では、きむずかし屋のエアデールテリア犬のジップが、のどの奥から低いうなり声をあげた。ミンサー夫人は霧吹きで水をかけながらアイロンで糊づけしていたが、手を止めて、蚊にでも刺されたように腹立たしげに耳をこすった。

「ほかにも見たぞ。秘密の言葉をささやくと、ロープが尻尾で立つんだ。まっすぐピンとね! それを男の子がのぼっていくんだ。するすると! どんどん上までのぼっていって、しまいにはすっかり見えなくなってしまうんだよ」

「どこへいっちゃったの?」子どもたちは目を見開いてたずねた。

「やわらかな草が模様のある絨毯みたいに地面をおおっている国さ。シカたちは金の首輪をつけ、人間の手からパンを食べるんだよ。プラムは赤くて甘くてオレンジみたいに大きくて、女の子たちは鳥のさえずりのような声をしているんだ」

「男の子はもどってこないの？」

「空から飛びおりてくることもある。両手いっぱいにすばらしい草や果物を抱えてね。でも、もどってこないときもある」

「ロープにささやく秘密の言葉がどんな言葉か、知ってる？」

「ああ、聞いたからね」

「あたしがその男の子だったら、ぜったい帰ってこないな。もっとお話しして。自分を扇であおぐ魔女のお話がいい」ジェニーは言った。

「魔女は、クジャクの羽根の扇を使うんだ。それで自分をあおぐと、蛇になって、するすると森の中へいってしまう。そのうち、蛇でいるのに飽きて人間にもどりたくなると、冷たい蛇の頭で夫の足を叩いて、扇であおいでもらうのさ」

「壁にかかってるオレンドッドさんのみたいな扇？」

「まさにね」

「わあ！　あたしたちも、あおいでみていい？」

「それで、小さい蛇になるのかい？　そんなことになったら、お母さんはなんて言うかな？」オレンドッドさんはおかしそうに笑った。

そうでなくても、ミンサー夫人には言いたいことが山ほどあった。だから、子どもたちが蛇やら鹿やら生きているロープやら小鳥の声をした女の子やらオレンジくらいあるプラムやらのわけのわからない話をすると、唇をキュッととがらせた。

「うそっぱちのがらっぱちだね！　あのじいさんに、うちの子どもたちに話しかけないよう言ってやるよ」

「まあまあ、ハンナ」だんなさんのミンサーさんはやんわりと言った。「おかげで、子どもらは悪さひとつしないじゃないか。何時間もずっとだぞ。あの子たちが台所にきたり庭で騒いだりしたら、おまえだって耐えられないだろう。インドの昔ばなしを聞かせてるだけさ」

「いいかい、あのじいさんの言うことは信じるんじゃないよ。ひと言だってね」ミンサー夫人は子どもたちに申しわたした。

風にむかって説教したようなものだった……

猫のタッフィーが病気になり、廊下の真ん中で横になっていた。わき腹がかすかに上下している。オレンドッドさんがタッフィーのかたわらにしゃがんでいるのを見て、ミンサー夫人は、かっとなってどなった。

「汚らしい年寄り猫め！　もう潮時だね、始末しないと！」

「風邪をひいているだけですよ」オレンドッドさんは言葉おだやかに言った。「いいと言ってくださるなら、わたしの部屋へ連れていって、面倒をみますよ。インドのガムがありましてね、効くんですよ」

けれども、ミンサー夫人は取り合わずに獣医に電話をかけ、子どもたちが学校から帰ってきたときには、タッフィーは死んでいた。

オレンドッドさんの部屋にあがってきた子どもたちは、悲しみで言葉を失っていた。

オレンドッドさんはなにかを考えるように子どもたちのことを見ていたが、しばらくすると言った。「秘密を教えてあげようか?」

「うん、なになに?」マーティンが言い、ジェニーはさけんだ。「タッフィーをここに隠してるんでしょ? そうでしょ?」

「そういうわけじゃないけどね。あの壁にかかってる鏡は見える?」

「房飾りのショールがかかってる、大きなやつ? うん」

「昔々、あの鏡はインドの女王のものだった。とても美しいひとでね、病人は女王を一目見るだけで、病気が治ってしまうほど美しかった。やがて、時が過ぎ、女王は年とって、美しさも失われてしまった。ところが、鏡は女王がどれだけ美しかったか覚えていて、失われてしまった美しい顔を映してみせていたんだ。そしてある日、女王はまっすぐ鏡の中へ入っていって、それきりもどらなかった。だから、この鏡をのぞけば、今のそのままの姿ではなくて、若かったころの姿を見ることができるんだよ」

「見てもいい？」

「ほんの短いあいだだけだよ。椅子の上にのってごらん」オレンドッドさんがにっこりすると、子どもたちは椅子にのぼって、オレンドッドさんにそれぞれ首のところを支えてもらいながら、鏡をのぞきこんだ。

「あ！　見える。タッフィーが見える！　仔猫にもどって、バッタを追いかけてる！」ジェニーがさけんだ。

「ぼくも見えるよ！」マーティンはぴょんぴょん跳びあがったものだから、椅子が傾いて、子どもたちは落ちてしまった。

「もう一度見せて。お願い！」

「今日はだめだ」オレンドッドさんは言った。「あまり長いあいだ見ていると、女王みたいに鏡の中に永遠に消えてしまうんだ。だから、ショールをかぶせているんだよ」

　タッフィーは若返って太陽の光を浴びながら跳ねまわって蝶を追いかけているんだと子どもたちは思い、慰められた気持ちで帰っていった。オレンドッドさんは猫を失った悲しみから気がまぎれるようにと、小さな象牙のチェスを持たせてやったが、ミンサー夫人は、子どもにはもったいないしどうせ壊すだけだからと言って、売り飛ばし、お金は「のちのちのために」と言って郵便局に貯金してしまった。

七月になった。日一日と気温があがり、むしむししてきた。ミンサー夫人はオレンドッドさんに「夏季料金」だからと下宿代を三ギニア値上げすると言った。実際のところ、それで追い出せると思っていたのだが、オレンドッドさんは全額を払った。

「もう歳で、くたびれていますからね。また引っ越したくないんです。長くここにいることもないでしょうし。近いうちに、心臓がわたしを連れ去るでしょう」

そして、本当に、ひどく蒸し暑い雷雨の日、オレンドッドさんは重い心臓発作を起こして、一週間寝たきりになってしまった。

「うちに置いとくわけにはいきませんよ、しょっちゅう病気になられるんじゃね」ミンサー夫人はだんなさんに訴えた。「具合がよくなったら、あの部屋は使うことになったって言うつもりですから」それまでのあいだ、ミンサー夫人は病人の部屋にこんなものがあっちゃ埃がたまってしょうがないなどと言って、インドの品々をせっせと運び出したが、剣と扇と鏡はそのままにした。壁にかかっていたので、邪魔にはならなかったからだ。

そして、断言したとおり、オレンドッドさんがよくなって歩けるようになったとたん、部屋に借り手がついたから出ていくようにと言い放った。

「だが、どこへいけって言うんです?」オレンドッドさんが杖にもたれたまま、身じろぎもせずに立っているので、ミンサー夫人は一瞬、壁の時計まで止まって答えを待っているような気持ちに襲われた。

「わたしの知ったことじゃありません。どこへでも好きなところへどうぞ。このがらくたをぜんぶいっしょに引き取ってくれるところが見つかればね」

「少し考えなければ」オレンドッドさんは言うと、パナマ帽をかぶり、ゆっくりと海岸へ降りていった。潮がひいたあと、なにもない平らな泥の浜が一・五キロほど現われ、ベイクドビーンズの空缶が点々と埋まっている。ジェニーとマーティンが気乗りしないようすで、手作りの凧をあげようとしていた。風はそよとも吹いておらず、凧はすぐに落ちてきてベチャッと泥に埋まる。でも、六時より前に帰れば、母親にまた追い出されるのはわかっていた。

「オレンドッドさんがいる」ジェニーが言った。

「凧をあげてくれるかもしれないよ」と、マーティン。

二人は、きらめく泥に二組の黒い足跡をつけながら走っていった。

「オレンドッドさん、凧をあげてくれる?」

「すごく速く走らなきゃいけないんだ」

オレンドッドさんはやさしくほほえんだ。これ以上ゆっくりは無理だというくらいゆっくり歩いていたのに、今や心臓はバクバクと不規則に打ちはじめていた。

「見せてごらん」オレンドッドさんは両手で紐を持つと、一瞬、黙りこんだ。それから、言った。

「紐を持って走るのは無理そうだ。だが、自分であがってくれってたのむことはできると思うよ」

子どもたちがかたずをのんで見ていると、オレンドッドさんはブツブツと、二人には聞き取れないような低い声でロープになにか言った。

「見て、動いてる」マーティンがささやいた。

今の今まで紐の先にだらりとぶらさがっていた凧が、いきなり釣りあげられた魚みたいにピクピクと暴れだしたかと思うと、次の瞬間、まるで見えない糸に引っぱられるかのようにゆっくりと上昇しはじめた。そのままぐんぐんと温かい灰色の空へむかって昇っていく。オレンドッドさんはまじろぎもせず凧を見つめている。オレンドッドさんの両手がぐっと握られ、額から汗がぽたぽたと滴っているのに、ジェニーは気づいた。

「あのお話みたい！」マーティンが歓声をあげた。「ロープの男の人と、魔法の言葉と、空へのぼった男の子の話——ぼくたちものぼっていい？　ロープののぼり方なら学校で教わったんだ」

オレンドッドさんはしゃべれなかった。でも、子どもたちは沈黙をいいという意味にとった。二人はロープに飛びつき、よじのぼりはじめた。オレンドッドさんはまだロープの端をしっかり握っていたが、そのうちずるずるとかがみこみ、ついにガクンと頭を膝にうずめた。そして、ゆっくりと沈んでいくように横向きに倒れた。ロープをつかんでいた手がゆるみ、ロープはすうっと上昇してそのまま空に消えた。やがて潮が満ちてきて、三組の足跡を洗い流した。

「子どもたちはずいぶんと遅いわね」六時になると、ミンサー夫人は言った。「オレンドッドさんの部屋にいるのかね？」

ミンサー夫人は見にいった。部屋は空っぽだった。

「次は夫婦に貸すことにしよう」ミンサー夫人はそんなことを考えながら、クジャクの羽根の扇をつかみ、顔をあおいだ。ひどく蒸し暑かったのだ。「夫婦なら下宿代も二倍とれるし、外で食事をとることも多いだろう。いったい子どもたちはどこへいっちまったんだろうね……」

一時間後、ヒルさんは食事に降りていこうとして、オレンドッドさんの部屋のドアが開いているのに気づいて、中をのぞくと、絨毯の上で蛇がのたくっていた。ヒルさんは仰天して人を呼んだ。ミンサー夫人のだんなさんがあがってきたときには、蛇はベッドの下に隠れ、パーシーさんがさかんに悲鳴をあげていた。だんなさんは棒をガタガタいわせ、蛇が自分の足めがけて飛び出してくると、壁から取った三日月刀をふりかざし、首を切り落とした。お年寄りたちは、部屋の外でおろおろしながら見ていたが、だんなさんのすばやさに拍手喝采した。

「オレンドッドさんがずっと蛇を飼っていたなんて知らなかったわ！」パーシーさんはブルッと震えた。「まさかほかにはなにも飼ってないわよね」そう言いながら、パーシーさんは好奇心を抑えられずこわごわと部屋へ入っていった。「まあ、なんてすてきな鏡！」ほかの下宿人たちも押し合いへし合いしながらあとにつづき、あれこれしゃべりつつ物欲しげに部屋を見まわした。

ミンサー夫人のだんなさんは苛立たしく思いながら下宿人たちのあいだを通り抜け、首を落とした蛇を持って下の階へ降りていった。「五分以内に夕食のどらを鳴らすぞ。ハンナ！　ハンナ！　どこへいったんだ？　この家は、今日はなにもかもおかしくなってるぞ」

ところが、とうぜんのことながら、妻の返事はなかった。しかも、五分後にどらを鳴らしても、だれひとり姿を現わさなかった。たったひとり、目の見えないドレイクさんだけが降りてきて、プリプリしながら、ほかのみんなはこっそり出ていって、自分をオレンドッドさんの部屋に置き去りにしたのだと言った。

「こっそりとね！　置き去りにしたんですよ！　ぞっとするものだらけのところにね！　ひと言も言わずに出ていくなんて、あんまりじゃないですか！　わたしになにかあったら、どうするのよ」

そして、ドレイクさんはいそいでパーシーさんのバタートーストを口につめこみはじめた。

希望（ホープ）

Hope

凍るように寒い、晴れた十一月の夜だった。そんなに昔というわけではない。医師のジェーン・スミスは、ロンドンのランベリータウンと呼ばれている地区へ往診へむかう際、ふいに若いころ教えてもらっていたレストレンジ先生を訪ねてみたいという衝動に駆られた。レストレンジ先生は、この地区の外れにあるワンルームのアパートに住んでいて、ハープを教えてほそぼそと生計をたてていた。

ランベリータウンは、ロンドンでもどこかふしぎな地区だった。大きな駅からそう遠くなく、イズリントン区のとなりで、無煙燃料の使用を義務づけられた煙規制区域の管轄外だったから（どちらにしても、そんな義務は無視しただろうが）、自らが吐き出す工場の煙の薄暗闇に包まれていた。ランベリータウンの工場は大きくなく、作っているものもいっぷう変わっていた。肉屋のショーケースに置く人工の草の飾りとか、金属のウィンチ台とか、羊用の入れ歯とか、木材パルプで作ったダイエット用ビスケットや、キャットニップが入った猫用のおもちゃ、プラスチックのクリスマスツリーのオーナメントなど、ここから出荷されるものを適当にあげるとざっとこんな感じだ。工場からはひょろ長い小さな煙突が、それぞれ危なっかしい角度で突き出し、最新の発電所に負けず劣らずもうもうと真っ黒い煙を吐き出している。住宅の煙突も同じようなもので、パイプオルガンの音栓にも似て、階段状になった暗くて狭い通りにそってずらりと並び、ランベリータウンの東端に広がるランベリーのボロ街と呼ばれる、木々の生えたみすぼらしい地区のほうへつづいていた。

ランベリーのボロ街は殺伐とした場所で、日の沈んだあとにいくところではない。しかし、警官たちなら、ランベリータウンの中心街自体も、それ以上に敵意に満ちた危険な場所だと言うだろう。このあたりは、工場と営業所と卸売市場が混在したエリアで、そのあいだに民家の並ぶ路地や薄汚い小さな商店街がぽつんぽつんとあり、狭い裏通りや抜け道で縫い合わされて、まさに迷路のようになっている。ランベリータウン生まれか、聖グリスウォルド教会の鐘の音が聞こえる範囲内に少なくとも四十年以上住んでいる者でなければ、迷わずに歩くのは無理だと言われていた。

けれども、今日の夜はとりわけ寒く、空気が澄んでいたので、ランベリーの煙突から出る煙すら、アヒルの卵のような緑色の空に細長くあがるだけになっていた。風も弱く、アキノキリンソウやヤナギソウが廃工場の瓦礫（がれき）を覆っている一画では、枯れた葉や綿毛も空へ舞うことなく、まっすぐ地面に落ちていった。

工場のエンジンや機械類の立てるかん高い音や重くひびきわたるような音もやみ、労働者たちも家に帰っていた。ランベリータウンの中心部で聞こえるのは、はるか遠いロンドン中心街のくぐもった轟音(ごうおん)だけだ。もっと近くでは、うねるようなポップミュージックや、魚のフライをあげる音、住民のいる数少ない通りで子どもたちの張りあげる声も聞こえた。ドクター・スミスはそうした通りのひとつに車を停め、しっかりとロックすると、ミス・ジャニアリー・レストレンジを探しにむかった。

ランベリータウンは、ハープを教える年配の未婚女性が暮らすには、妙な環境に思えた。しかも、ミス・レストレンジはいわゆる昔ながらのオールドミスだった。きちょうめんな小股でひどくゆっくりと歩くところや、ボタンで留めるきつくて先のとがった、ふくらはぎの半分までくるようなブーツを履き、いつもピカピカに磨いているところ、組みひもの飾りのついた、サージ生地のスカートのすそがブーツにかぶっているようす。ミス・レストレンジのファッションスタイルが今、ふたたびはやっているのはまったくの偶然で、そんなことにミス・レストレンジはまったく気づいていなかったし、気づいたら、いささか不快に感じただろう。白くなった髪はきれいにうしろになでつけて団子にし、パンセネ（ばね仕掛けで鼻に固定する眼鏡）をつけている。ランベリータウンの子どもたちはみんな、どうして眼鏡が鼻からずれないいんだろうとふしぎに思っていた。ミス・レストレンジは人付き合いを避け、近所と面倒を起こしたことはなかった。だから、実は痩せた灰色の幽霊で、ときおりちょっとした買い物にすうーっと出てきたところを目撃されるのさ、と言われても、みんなそんなに驚かないだろう。子どもたちも、怖がっているのとはちがったけれど、ミス・レストレンジのうちの玄関にはいたずら書きをしなかったし、うしろからアイスキャンディーの棒を投げつけたり、失礼な歌を歌ったり、ほかの大人にはしているようなことはしなかった。けれども、ミス・レストレンジは幽霊ではなかったし、聖グリスウォルドの鐘が聞こえるところに四十年間暮らしていたけれど、この地区で生まれたわけではなかった。いまだに、日が暮れてからランベリータウンの中心部に危険を冒してまでいくことはなかった。

「どうしてここで暮らしておられるんです?」〈J・レストレンジ　ハープ教室〉というはがきの貼られたあせた青色のドアをノックし、玄関に通されると、ドクター・スミスはたずねた。入れ替わりに、小さな男の子がひどく取り乱した表情を浮かべ、楽器ケースを抱えて帰っていった。

「たまに、なにがなんでも通いつづける子がいてね、驚いてしまうわ」ミス・レストレンジはハープのケースのファスナーを閉めながらブツブツと言った。ケースは、ミス・レストレンジと同じくらい背が高く痩せさらばえ、くたびれていた。「一世一代の一流ハープ奏者にはなれないって、何度言っても、自分にはそうした才能の芽があるんじゃないかって思うのよ」

「さっきの男の子は?　上手なんですか?」

ミス・レストレンジは肩をすくめた。

「ほかの子たちと同じよ。むなしい希望や甘い見通しを持たせたくないの。毎回、しょげ返って青菜に塩のていで送り帰しても、次のレッスンのときはまたすっかり元気になって、第二のデイヴィッドになれるんじゃないかってようすでやってくるのよ。それはとにかく、ジェーン、いらっしゃい。どうしてここに？」

「またレッスンをしてくださいってお願いしにきたとか？」ドクター・スミスはかたい笑みをうっすらと浮かべた。

「あなたのご両親に言ったことを、お伝えするしかないわね。これ以上五分たりともお教えすることはできません、お金とわたしの時間とあなたの時間を無駄にするだけです、って」

「そう言われて、うちの両親は曲がりなりにもそれを信じました。だから、わたしはここをやめて、医学を勉強したんです」

「そして、優秀な医者になった。そう聞いていますよ」ミス・レストレンジは元生徒に親しみをこめてうなずいた。「このままうちで夕食を食べて、お仕事のお話をしてもらえたらうれしいのだけど」

そう言いつつ、ミス・レストレンジはおぼつかなげに部屋の衝立のあるほうへ視線をさ迷わせた。料理はいつも、衝立のむこうにあるアルコールランプでしており、今もちょうど、お湯を沸かして、窓の植木箱で育てているパセリと塩で栄養のある――少なくともビタミンは豊富な――スープを作ろうとしていたところだった。

「そんな！　いいえ、今日は外でお食事でもってお誘いしようと思っていたんです。これから一軒、そんな遠くないところにいる患者さんのところへいかなければならないんですが、そのあと、インケルマン通りの角にある中華料理店でお食事できたらって。コートを着てらしてください。そうしたら、出かけましょう」

ミス・レストレンジは、昔から実際的な人だった。

「ええ、そちらのほうがわたしが用意するよりもずっと楽しくお食事ができるでしょう」そう言って、コートをはおり、ボローバン（パイ生地の器に肉や魚の煮込みを入れた料理）のような形（だけれど、ボローバンの華やいだ雰囲気はない）の黒い帽子をかぶると、客をうながして外へ出て、玄関の鍵を閉めた。

薄汚れた狭い通りはしんとしていたが、住人たちは通りで起こることを見逃さなかった。今も、五、六人の子どもたちが目を丸くして、ミス・レストレンジが、めったに出てこないような時間に、めったに見られないような車で、しかも友だちといっしょに現われたのを見つめていた。

ドクター・スミスは最初のうやむやになった質問に立ち返った。

「いったいどうしてここで暮らしてらっしゃるんですか？」

「家賃が安いからよ。年に五ポンドなの」ミス・レストレンジはおだやかに言った。

「でも、もっといい地区なら、生徒も増えるんじゃないですか？　出来のいい子が――」

「世界は才能あるハープ奏者であふれているわけではありませんからね」ミス・レストレンジはそっけなく言った。「それに、ご近所もわたしに合っているの」

「近所にご友人が？」

「昔ね。ひとりだけ。しばらく会っていませんけど。年をとれば、それだけ必要とする友人も減るものなのよ」ミス・レストレンジは静かに言った。

ひとりよりもさらに減るなんて無理だわと思いながら、ドクター・スミスはアーチのついた玄関が十以上並んだ大きなボロアパートの前で車を停めた。アパートの前は、昔の広い石畳の通りで、向かいには、工場や倉庫、格納庫や貯蔵庫、営業所、木材置き場などがごちゃごちゃと折り重なるように立ち並んで黒々と浮かびあがり、巨大なアナグマの巣穴のようにランベリータウンの中心部を覆っていた。

「患者さんは、この先に住んでいるんです。すぐもどりますから」

「患者さんはどなた？」ドクターがふりかえってうしろの席から黒いケースをとろうとすると、ミス・レストレンジがきいた。

「ええ、実を言うと、とても有名な方で――作家のトム・ランピシャムさんなんです。そう、先生と同じでランピシャムさんも、どういう理由だか、わざわざ選んでこの荒れ果てた場所に住んでらっしゃるんですよ。もうどのくらいだかもわからないくらい、ずいぶん昔からね。あの暗い雰囲気の建物の一階なんです」

「トム・ランピシャム」ミス・レストレンジは考えこんだように言った。「テレビに出ていたのはずいぶん前よね。どこが悪いの?」

「心臓です。じゃあ、数分ですむと思いますから。でも、念のため、ぶらぶらされるかもしれないからスペアキーを置いていきますね」

ぶらぶらするのによさそうな地域には思えなかった。けれども、ドクター・スミスの言っていた数分が十分になり、やがて十五分になると、ミス・レストレンジはじっとすわっているのも落ち着かずに、そわそわしはじめ、丸一日働いたあとだったというのに車を降りて、ロックしたものの、どうするか決められないまま舗道に立ちつくした。

しばらく、ドクターが入っていった殺風景な大きい建物を見つめていたが、それからきっぱりと建物に背をむけ、せかせかとした足どりで道路を渡った。すると、渡ったほぼ真正面にある、倉庫の断崖のような壁に小さな入り口があり、ランベリータウンの住人が「ハケッツ」と呼んでいる狭い通りのひとつに通じていた。中へ入ると、いくつもの角やくねくねとのびる曲がり道がつづき、ふいに方向が変わったりしながら、迷路の中心部へとむかっていた。

ミス・レストレンジは路地をたどって足早に進んでいった。どこか目的地があるというより、車が停まっている場所から離れようとしているように。うつむいたまま、汚れた石畳をひたすら見つめ、謎めいた看板のある入り口は無視して歩いていく。〈ウイショー：霧吹き専門店〉〈サループ：ピアスの穴開け〉〈たっぷりサイズのTシャツ〉〈ケーキ用キャンドル販売〉〈マダム・シムキンズ：羽根〉〈サッグ：暖炉耐火内壁製造〉〈貝殻卸売商〉〈肩かけ、弦、羊皮〉〈柳専門木毛梱包材販売〉。どれもこれもちらりとも見ず、〈肩かけ、弦、羊皮〉などは、ランベリータウンの子どもの未熟な指のせいでハープの弦が切れたときに新しいものを買う店だったけれど、それすら一顧だにせず通りすぎた。

ミス・レストレンジは早足で歩きながら、孤独な生活を送っているお年寄りがよくやるようにブツブツとひとり言を言った。

「病気なら、わたしのことを呼んだはず」ミス・レストレンジはぼそぼそと言い、〈陽気注入&放出〉の看板の前も、この漠然とした名前のグッズなりサービスなりはどんなものなんだろうと考えることもなく、通りすぎた。「前に、そうなったら呼ぶかもしれないって、たしか言ったはず。もし病気になったら、わたしに連絡するって言っていたのを覚えているもの。変ね、自分たちがどうしてけんかしたかほとんど思い出せないのに、それは覚えている」

路地の角を曲がると、道幅は広くなり、露天市のあるわびしい一角に出た。陶器を売っている屋台や、安物の服を並べている店、野菜や、古本、中古品の店などが並んでいる。みな、ちょうど店じまいを始めたところで、売れなかった品を（かなり売れ残っているようだった）段ボール箱にもどしていた。がらくたの入った箱で通りはふさがれ、石畳もつぶれた野菜でぬるぬるしていたが、ミス・レストレンジは気にするようすもなく、避けたりまたいだりしてどんどん進んでいった。

「けんかの理由はなんだった？　あれはずっと昔……」ミス・レストレンジは物思いにふけりながら、家具磨き剤の缶を積んだ手押し車を避け、〈スーパーシャイン卸売り　まばゆいほどの結果をお約束します〉と書かれたラベルの木枠をまたいだ。「彼の詩のことだったんじゃないかしら？」

路地はふたたび狭くなり、ミス・レストレンジは両側から覆いかぶさってくるかのように傾いている、黒ずんだレンガの壁をパンセネ越しに見てわずかに顔をしかめたが、そのまま進み、彼の若々しくもどかしげな顔を思い出そうとした。あの人はどんな顔だったかしら？　彼の顔なら、いっときは隅々まで記憶していた。自分の顔よりもよく覚えていたほどだ。というのも、ミス・レストレンジは鏡に映った自分を長々と見つめているタイプではなかったからだ。目立つ頬骨と、しょっちゅう前に落ちてくる髪、それしか覚えていない。

まばゆいほどの結果をお約束します。

「わたしは詩のことなんか、なにもわからないのよ、トム。なのに、いいとか悪いとか言えるはずないでしょ」

「意見ってものはあるだろう、お嬢さん？　自分の考えを言うこともできないのか？」

「あなたは、わたしがどう考えているかを言ってほしいわけじゃない。わたしに誉めてほしいだけよ」

「バカな、そんなわけないだろう、ジャニアリー。一月（ジャニアリー）か！」彼は苦々しげに言った。「ぴったりの組み合わせだな。氷のように冷たく、カチカチに凍りついた、狭量で、一歩たりとも譲ろうとしない、まさにきみだよ！」

「そんなことない！」彼女は泣きたかった。「理解できないものを誉められないと言っているだけよ。あなたを励ますためだけに、すばらしいスピーチなんてできない。あなたの詩について、わたしになにか言えるはずないでしょう？　わからないのに、なんて言えっていうの？　そんなのおかしいわ」

　けれども彼はすでに争いのもとになった詩を黒いボロボロの肩掛けかばんに入れ、大またで出ていったあとだった。それが、彼に会った最後だった。

　ミス・レストレンジは、窓ガラスに白い油みたいに見えるもので文字が書かれたカフェの前を通った。〈ソーセージ、ジャガイモ、玉ねぎ、豆　いつも揚げたて。ぜひ当店のフライを！〉

　開いたドアから、あつあつのソーセージと玉ねぎの強い香りがただよってきた。店の中には何人か、若い男がいる。小さい頭と小さい目をしていて、やたら大きい足に黒い長靴を履いている。急ぎ足で歩いていくミス・レストレンジをじろじろ見ているふうだったが、わざわざ労力をかけるほどではないと思ったようだった。

食べ物のきついにおいのせいでミス・レストレンジは気分が悪くなり、震えるほどお腹が空いていたことを思い出した。昼食に食べたのは、ゆで卵ひとつだったのだ。朝食は、牛乳の入っていない紅茶一杯だった。

「レッスン料を値上げしたほうがいいわね」ミス・レストレンジはそう思って、また顔をしかめた。

そんなふうにあれこれ考えていたとき、かん高い口笛の音がひびき、どこか聞き覚えがあるような気がして、ハッとわれに返った。ちらりと前を見る。聞き覚えがあるのは口笛の音ではなくて、メロディーのほうだった。すぐに、自分で書いた曲だと気づいた。初心者にも簡単にひけるように作ったもので、曲名は『スノードロップ』だった。

すると、まわりに注意を払うようすもなくローラースケートですべってくる少年が目に入った。かん高い音だが、節は合っている。さっき、ドクター・スミスがきたときに、ちょうどレッスンを終えたあの男の子だった。

これには、二人とも同じくらいおどろいた。男の子はもう少しでミス・レストレンジに突っこみそうになり、横向きになってザザザとすべり、路地の塀に手をついてなんとか止まった。

「レストレンジ先生！　わあ、ここって先生んちからはずいぶん遠いですよね？　迷ったんですか？」

「こんばんは、デイヴィッド。いいえ、迷ったんじゃありません」ミス・レストレンジはきびきびと答えた。「ただ散歩してるだけです」それのどこがおかしいんです？　とでも言いたげな口調だった。

デイヴィッドはびっくりした顔をした。それから、そんなの信じないぞというような表情を浮かべ、思わせぶりにニッと笑ったのだけれど、そうすると、カーブした眉毛が一気に顔の両端まで移動した。こんな芸当は見たことがなかったが、考えてみれば、レッスン中にデイヴィッドが笑うことなどなかったからとうぜんだ。デイヴィッドはいつも汗をかきかき、打ち萎れていた。

「散歩してるだけなんて、うそばっかり！　埋められた宝を探しにきたんでしょ！」

「埋められた宝？　埋められた宝って、いったいなんです？」

「ほら、ランベリータウンの真ん中のどっかに埋められてるって言われてる宝のこと。先生が探してるのはそれですよね。だけど、ぜったい見つからないよ！　悪魔がちゃんと見張ってるんだから。ぼくが先生だったら、迷うまえにさっさと帰るよ」

「そんなものを探したりしていません」ミス・レストレンジはきっぱりと言うと、さっさと歩きだした。デイヴィッドはまたジグザグにすべりながら、『スノードロップ』を歌いはじめた。「ミ、レ、ド、雪に埋もれたスノードロップ……」

ミス・レストレンジはふりかえって、少しめんくらったようにデイヴィッドのうしろ姿を見つめた。いつもとぜんぜんちがう。レッスンのときよりずっと生き生きしていて、おどおどしたようすはみじんもない。ミス・レストレンジは意表を突かれた思いだった。

とはいえ、迷うだなんて――バカバカしい。

ところが、それから数分後、ミス・レストレンジは、そうとは気づかないうちに迷っていた。五本の路地が交差している星形の広場に行きあたり、適当にそのうち一本を選んで歩いていくと、かなりいったところでまた同じような交差路に出たので、今度も適当な路地に入った。ランベリータウンが四方から畳みかけてくる。緑色だった空は、濃いブルーに染まりはじめていた。

まわりも暗くなっていた。死火山のクレーターを思わせる。ときおりオレンジ色の街灯がぼんやりと路地を照らしている。なんの音も聞こえない。死んだ世界みたいだ。

そこで初めて不安に襲われた。往診のことが頭に浮かぶ。そのようすを想像しまいときっぱり背をむけてここまできたのだ。今ごろもう、ジェーンは診察を終えているだろう。車にもどって、ミス・レストレンジはいったいどこへ行ってしまったんだろうと思っているかもしれない。そろそろもどらなければ。

ミス・レストレンジはきた道をもどりはじめた。やがて、最初の星形の広場に出た。

「どっちだったかしら？」ミス・レストレンジは立ちつくした。目の前にのびている四本の路地はどれも同じに見え、閉まっている引き出しみたいだ。どの路地にも、見覚えのある特徴は見つからない。かろうじて通りの名前が読める。〈子羊のなめし革横丁〉〈新年通り〉〈橄欖石(ペリドット)通り〉〈地獄の通り道〉。どれも見た記憶はない。

「〈新年通り〉は見ていたら覚えているはずよね」そう思って、〈地獄の通り道〉を選んだ。といっても、ほかの通りに比べて見覚えがあったわけではない。耳が知らず知らずのうちに、そちらからかすかに聞こえてくる楽器の音らしきひびきをとらえたのだ。狭い路地を進んでいくにつれ、やはり音楽にまちがいないと思ったが、なんの曲かははっきりわからない。でも、ミス・レストレンジはもともとポップミュージックには明るくないし、音楽が聞こえるということは少なくとも人がいるはずで、人が住んでいるということだ。さっき、ほんの一、二分ほどだが、あらゆる音を吸いこむような沈黙に、思わずパニックがこみあげてくるのを感じたのだ。もちろん、だれにも言う気はないけれど。

ミス・レストレンジはどんどん歩いていった。また別の星形の広場を渡ると、ランベリータウンの若者が瓶を投げて割ったりできないよう高いところに取りつけてあるナトリウムランプがオレンジ色の光を投げかけていた。〈地獄の通り道〉はさらにつづいているようだ。〈空の真珠通り〉と〈鯨のヒゲ横丁〉のあいだを二分するようにのびている。

「このあたりの通りの名前は変わってるわ。きっと古くからある地域なのね。帰れたら――帰ったら、地図で調べてみましょう。わたしはこっちからきたのだったかしら?」ミス・レストレンジはつぶやいた。またもや不安がこみあげ、恐怖に押し流されそうになりながら、閉店している〈熊手・鞭&三叉カンパニー〉の前を通った。こんな名前、通ったとき見ていたとしたら、忘れるはずないわよね?

　でも、音楽は今やかなり大きくなっていた。もう少し行けば、少なくとも道をきける人に会えそうだ。

　すると、今度こそまちがいなく迷ったのがわかった。〈地獄の通り道〉が終わってしまったのだ。もう少し正確に言えば、そこは行き止まりで、出口のない狭い囲い地になっていた。ほかに出口がないのは、ミス・レストレンジにもすぐにわかった。というのも、道路工事で使われる三角コーンの中に詰めたボロ布がさかんに燃え、絶えず揺らめきながらあたりを照らし出していたからだ。三角コーンは壁際に並べられ、囲い地には十人ちょっとの人がいた。それを見て、ミス・レストレンジはまずはほっと胸をなでおろした。

「ポップミュージシャンって言われる人たちね。大変だって聞いたわ、最初は、練習する場所を見つけるのが。スタジオを借りるお金がなければ、ここみたいに、どこからも遠く離れていて音の届かないところは好都合だもの」

ミス・レストレンジはそう思ったが、自分で使っておきながら「音の届かないところ」という言葉に、どこか胸騒ぎを覚えた。さまざまな楽器の音が狭い囲い地から逃げられずに、すさまじい勢いで反響している。ミス・レストレンジはかすかな寒気を感じた。人の住んでいる地域からかなり離れてしまったにちがいない。だれも文句を言う人がいないのだから。

もう一度、集まっている人たちをちらりと見ると、道をきくのはやめにして、気づかれるまえに急いで引き返そうと向きを変えた。

が、遅かった。目の前に男が立っていたのだ。けた外れに背が高くて体も大きく、赤いビロードのズボンをはき、フリルのシャツに上着を着ていた。

「おいおい、まさか帰らないだろう？　きたばっかりじゃないか？」男は音楽に負けじと陽気な声を張りあげたが、愛想のよさの裏にどこか嘲るような調子があった。「おれたちの演奏を聴かずに逃げたりしないよな？　おーい、みんな！」男は、今よりさらに大きな声をやすやすと出して言った。「だれがきたと思う？　ミス・レストレンジだよ！　ミス・ジャニアリー・レストレンジがおれたちの演奏を批評しにきたぞ！」

どっとバカにしたような笑い声があがった。

「ミス・ジャニアリー・レストレンジに万歳三唱！　陽気なランベリータウン一のイカしたハー

プ奏者どのだ!」

万歳の声があがり、何度も何度もくりかえされた。そして、背の高い男はニヤニヤしながらバカ丁寧(ていねい)に、ミス・レストレンジを逆さにしたペンキ缶の席へ案内した。演奏家たちはチューニングを始めた。中にはトランペットやベースのようにオーソドックスな楽器もあったが、ミス・レストレンジが目にしたこともないようなものもあった。ブリキのたらいに弦を張ったものや、巨大な巻貝、楽器というより武器(石弓?)のように見える弦楽器、少なくとも二メートルくらいある先史時代のもののみたいな奇妙な木管楽器。それに、あのケトルドラムの下で燃えているのは本物の火?

「ジャニアリーか!」背の高い男はとどろくような声で言うと、ミス・レストレンジの肩のすぐうしろに立った。「一月(ジャニアリー)とはまた、あんたみたいにはつらつとした女性につけるには、ひどく寒そうな名前じゃないか。心底冷えきった惨めでわびしい名前だって、みんなも思うだろう? 一年でも最低の月だからな!」

「そんなことありませんよ!」ミス・レストレンジはぴしゃりと言ったが、男に少し離れてほしくてたまらなかった。ちょうど死角に立たれているせいで、不安をかきたてられる。妙なことに、「悪魔よ、退け(注:マタイ16章23節。これをタイトルにしたアーヴィング・バーリンのポピュラーソングがあるエラ・フィッツジェラルドのバージョンが有名)」という聖書の言葉が浮かんできた。「ジャニアリーは希望という意味ですよ。楽しみに待つということ。一年のはじまりなんですから」

けれども、そんな反論も、演奏者たちのどなり声でかき消された。「すぐに温めてやるよ！」

「陽気な連中だろ？」うしろから秘密でも打ち明けるように背の高い男が言った。「〈ニックのツキミソウ〉って名乗ってるんだ。この場所にちなんでね」男が上を指さすと、燃えあがる炎の光で壁に貼られたポスターの文字がかろうじて読めた。〈オールドニックの広場〉。「で、おれはとうぜんオールドニック（悪魔の別名）ってわけだ。今夜は、あんたがきてくれてうれしいよ、ミス・レストレンジ」

ミス・レストレンジはちらりと横を見て、演奏が始まったらこっそり逃げ出せるかどうかたしかめたが、残念ながら、演奏者たちのほとんどは入り口をふさぐように陣取っていた。ニヤニヤ笑っているところから見ると、こちらの考えはお見通しらしい。それにしても、こんなに醜い一団は見たことがなかった。「尻尾がついてなくたって、人間には見えないわ」とミス・レストレンジは心の中で思った。

この中にいると、オールドニックのフリルと赤いビロードといういでたちでも、いちばんふつうに見えたが、ミス・レストレンジはだれよりも彼が好きになれず、ペンキの缶をじりじりと隅まで動かして、少なくともうしろに壁がくるようにした。

「みんな、用意はいいか？　さあ、落ち着いて。頭は冷えてるだろ？」ニックが言うと、どっと笑い声があがった。

ふたたび音楽が始まった。ただし、これを音楽と言っていいのかはわからない。ミス・レストレンジの血管を血が逆流し、耳たぶがどくどくして、肺を打ちすえ、心臓をわしづかみにして、右へ左へと叩きつけた。

「あと一、二分もしたら、もう限界」ミス・レストレンジは冷静に考えた。「悪魔的としか言いようがないわ。そう、まさにそれ——悪魔よ」

もうこれ以上耐えられないと思ったまさにそのとき、隅の陰になったところからさらに五、六人がぶらりと出てきて、踊りはじめた。男？　女？　よくわからない。髪は丸刈りにしているらしく、異常なほど痩せている——うつろな白い顔をしていて、突き出した額の下の目は落ちくぼみ、意味もなくニヤニヤ笑っている。「白いサテンだなんて！　それに、フリルのシャツ！　ずいぶんと時代遅れな衣装ね。若いころに見たピエロ団みたい」

ところが、近くから見ると、サテンだと思ったのは透けてみえるガーゼかシフォンのようだった。「みんな、見たことがないほど痩せている——収容所にでも収容されていたよう。あの男なんて、きっと子どものころ骨の病気を患（わずら）ったのね。脚が骨みたい。きっとそうよ」

「お気に召しましたか？」耳元でオールドニックが言った。この騒ぎの中で聞こえる声を出せることが信じられなかったけれど、たしかに聞こえた。

「正直に言えば、気に入りませんね。こんな生命力のない人たちは見たことがありませんよ。踊っている人たちには、〈パリッシュフード〉（鉄分補給食品）と肝油が必要に見えますね」

「おい、おまえたち、聞いたか？」ニックがピエロたちにむかってどなった。「聞いたな？　ご婦人は、おまえたちのダンスがお気に召さないそうだ。腰抜けの集まりだとよ」

ダンサーたちはぴたりと動きを止め、血の気のない顔をミス・レストレンジのほうへむけた。一瞬、ミス・レストレンジはたじろいだ。いっせいにミス・レストレンジに注がれた目の奥で、小さな光が燃えているように見えたのだ。しかし、そのときニックがさけんだ。

「それだけじゃないぞ、いいか、おれも同じ意見だ！　もう一度やってみろ。今回は気合を入れるんだぞ。じゃないと、熊手に鞭に三叉だ、わかったな？」

演奏のテンポと音量は倍になり、ダンサーたちのステップもぐんと速くなった。すると、オールドニックはこの狂気じみた演奏よりさらに大きな声でどなった。

「ホープ！　どこだ？　出てこい、汚らしい年寄りネコめ！」そして、奏者とダンサーたちにむかって言った。「すぐにやつがおまえたちにはっぱをかけてやるからな！」

それを聞くと、ダンサーたちは恐怖に震えあがって泣き声をあげた。

「ホープはおれのペットなんだ」オールドニックはミス・レストレンジに打ち明けるように言った。「やつらがのろのろしているときには、そうとう効果がある。きっとあんたも気に入ると思うよ」

その言い方に含みを感じ、おぞましいことが起こるような気がして、ミス・レストレンジはパッとふりかえった。

さざ波が広がるように奏者とダンサーたちが左右に分かれた。最初はなにも見えなかったが、音楽は鳴りつづけているのに、痛みや恐怖の悲鳴があがりはじめた。ダンサーたちの波がさあっとひき、そのあいだを琥珀(こはく)色の動物が弾むように走ってきて、通りがてらに剣のような牙で次々骨と皮ばかりの腿に噛みついた。

「あれがホープだ」オールドニックは満足げに言った。「おれのかわいい虎の子さ。美しいだろう？　おりこうちゃんじゃないか？　始まるまえに、コショウとショウガをまぶしておいてやったんだ。血の巡りがよくなるようにな。そうすりゃ、やつらがちょいとふさぎこみでもしたら、追いかけまわしてくれるわけさ！」

たしかにホープの影響力は大きかった。ホープがときに足音をしのばせ、ときに弾むように歩きまわるだけで、ダンサーたちのジャンプや回転はタランテラ（イタリアの活発な舞曲）の踊り並みに激しくなる。と、今度は、ホープはふいに向きを変え、牙をむいて奏者たちの中へ踊りこんでいく。すると、不協和音がいっそう激しく鳴りひびき、ドラムビートがますます速くなった。

「ほら、仔猫ちゃん！　猫ちゃんや！　ここのご婦人が、おまえのことをなでたいそうだよ」

ホープはふりかえると、音もなくこちらへ走ってきた。それで初めて、ミス・レストレンジはホープを正面から見た。ヒョウより大きく、全身が茶色がかった赤色で、長い尾を鞭のように振り回している。牙は、炎の光を受けて白っぽい金色に輝き、目はザクロ石のようにギラギラしていた。ホープは頭を垂れ、ゆっくりと大またでミス・レストレンジのほうへやってきた。

ミス・レストレンジは右手を伸ばし、ホープの肩甲骨(けんこうこつ)のあたりからごつごつした背骨へむかってゆるぎない手つきでなでてやった。手の下で猫のかたい毛が波打った。「ああ、そこね!」ついそう言うと、ホープはくるりと向きを変え、固い毛で覆われた首をミス・レストレンジの手にこすりつけ、あごをあげて搔いてもらい、それからようやくかたわらに腰を下ろすと、長い尾をさっと恐ろしげなかぎづめの上にのせた。

ミス・レストレンジは愛情をこめてホープの耳を引っぱった。昔から猫は大好きだった。

それからまたオールドニックのほうを見た。

「いずれにせよ、まだダンスがいいとは思えませんね。それに、正直に言って、あなたがたの音楽は悪魔の口げんかのようです!」

その言葉を聞いたとたん、音楽がぴたりとやんだ。奏者とダンサーの真っ暗な穴のような顔が自分にむけられたのを感じ、ミス・レストレンジは縮みあがりそうになるのをこらえた。

「とはいえ、演奏にはお礼を言いますね。では、そろそろ失礼します」ミス・レストレンジは礼儀正しく言った。

「おや」オールドニックは考え深げに言った。「おかげで身の程を思い知りましたよ。そうだよなあ、おまえたち？　ミス・ジャニアリー・レストレンジ、あんたは率直にものを言うタイプのようじゃないか。だが、きちんとした、そう、あんたみたいな根っからのご婦人なら、本当のところは若者にあまりきつくあたったり、がっくりさせたりはしたくねえだろう。帰るまえに（本当に帰るならだが）、聞かせてくれ、一生懸命練習すれば、彼らもひとかどの音楽家になれるかい？」

「そのようなことをここで言うつもりはありません」ミス・レストレンジはきっぱりと言った。「あなたがたの音楽は、わたしの専門外ですからね。それに、お世辞は言わない主義なんです」

ざわめきが広がり、奏者たちがじりりっと前へ出た。

「おれたちの音楽は、先生の専門外なんだとよ。たしかにそうだ。なあ、ミス・レストレンジ。今度はあんたが一曲やってくれよ。あんたの専門ってやつを聞かせてくれ。な？　そしたら、うれしいんだけどなあ。なあ、おまえたち？」

彼らはバカ笑いをして、じりじりと近づいてきた。ミス・レストレンジは唇を噛んだ。

「ハープを取ってこい！」ニックは大声でさけんだ。そして、ミス・レストレンジに説明した。

「うちにはハープをやるやつはいないんだ。だが、いつも持ち歩いてる。いつハープ好きのやつが現われるとも、かぎらんからな。まさにあんたみたいに。弦はないが、すぐに直せる」

ゆがんで塗装がはがれ、ボロボロになったハープが、ミス・レストレンジの足元にぽんと投げ出された。弦は張っていなかったが、ダンサーのひとりが電話線みたいに見えるものを引きずってくると、ハープにすばやく張りはじめた。

「さあ、おれたちを喜ばせてくれ、ミス・レストレンジ！　そうしたら、もしかしたら帰らせてやるかもしれん。わかるだろう、みんな、あんたとお別れしたくないんだよ」

待ちかねたようにみなは静まり返った。ほら、やってみろとばかりに嘲るような不気味な沈黙があたりをおおう。

「そのバカバカしい楽器を弾くつもりはこれっぽっちもありません」ミス・レストレンジは冷ややかに言った。「それにもうお暇させていただきます。今ごろ友人が探しているでしょうから。さあ、ホープ」

ミス・レストレンジはニックたちに背中をむけ、さっき入ってきた広場の口へむかってスタスタと歩きはじめた。集まっている者たちを押しのける必要はなかった。みんな、ささっと道をあけたからだ。ホープはミス・レストレンジのかたわらにぴたりとくっついていた。

ところが、路地に入ったとたん、ミス・レストレンジはふらついて倒れそうになり、壁に手をついて体を支えた。体の奥底から寒気と震えが襲ってきて、足元がひどく心もとない。と、そのとき、デイヴィッドが口笛を吹きながらローラースケートでジグザグに走ってきた。

「あれ、レストレンジ先生、やっぱり迷うと思ってたんだ。迷ったんでしょ？　もどって、先生を探したほうがいいと思ったんだよ。先生、大丈夫？」デイヴィッドは鋭い目つきで探るようにミス・レストレンジを見つめた。

「ええ、ありがとう、デイヴィッド。もう大丈夫。思っていたよりもちょっと遠くへきてしまっただけ。それで、少し疲れてしまって。それだけよ」

ミス・レストレンジは、オールドニックの広場のほうをちらりとふりかえった。だれもいない。がらんとして、静まり返っている。燃えていた火も消えていた。

「そうか。じゃあ、いこう、レストレンジ先生。ついてきてくれれば、もうひとりのご婦人の車まで連れていくよ。よければ、ぼくのジャケットにつかまって」

「大丈夫よ、ありがとう、デイヴィッド。自分で歩けるから」

そこで、デイヴィッドは先に立ってゆっくりとすべり、ミス・レストレンジはそのうしろを歩いていった。ホープも少し距離を置いて、音もなく陰から陰へと歩きながらついてくる。

車が見えるところまでくると（あっという間だった）、デイヴィッドは言った。「じゃあ、ここで。おやすみなさい、レストレンジ先生。また木曜日に」

「おやすみなさい、デイヴィッド。本当にありがとう」そして、ミス・レストレンジはデイヴィッドのうしろ姿にむかってさけんだ。「ちゃんと練習するのよ！」

「はい、レストレンジ先生」

車のうしろに、救急車が止まっていた。

「そこでお待ち！」ミス・レストレンジが命令すると、ホープは路地の入り口の暗がりにうずくまった。

ミス・レストレンジが道を渡ると、ちょうど救急車が出発した。ドクター・スミスが立って救急車を見送っていた。

「こんな時間になってしまってごめんなさい。お気の毒に、あの方は――たぶん助からないと思います」

「それって、トム・ランピシャムのこと？」

「救急車の中で亡くなってしまうかもしれません。ごめんなさい、あとほんの少しだけ、待っていただけますか？　ランピシャムさんのうちの戸締りをして、鍵を管理人に渡さないとならないんです」

なにも考えずに、ミス・レストレンジも元生徒のあとについていった。そして、片づいていない部屋に入っていって（最後にきたのはいつ？　三十年前？）、くしゃくしゃの紙でいっぱいのテーブルを見つめた。

「だれが取り仕切ってくれるか、知らないんです」ドクター・スミスは眉を寄せた。「どこかに遠縁の親戚がいらしたと思うんですが。まあ、それは明日心配すればいいわ。いきましょう。お腹が空いてらっしゃいますよね。お疲れでしょう。さあ」

ミス・レストレンジはいちばん上にのっている紙を見ていた。〈希望（ホープ）〉というタイトルが、大きな大文字で書かれ、紙の真ん中あたりから文章が始まっていた。

凍るように寒い、晴れた十一月の夜だった。そんなに昔というわけではない……

言葉はそこでとぎれ、インクの染みがついていた。

ドクター・スミスは先に立って部屋を出た。「ずいぶん遅くなってしまいましたね。でも、まだ中華料理店でお食事はできますから。そのあと、わたしはランベリー本署に電話して、どうすればいいかきいてみます。それで、いろいろわかるでしょう。本当に、こんなに長いあいだお待たせしてしまって、ごめんなさい。お寒かったでしょう？　退屈なさってないといいのですが」

「ええ、大丈夫よ。わたしは――その、散歩していたから」

ミス・レストレンジはドクターのあとについて、靴音のひびくコンクリートの道を歩きはじめた。そして、考えた。「どうか――どうかホープが、希望が、去っていませんように」

聴くこと

Listening

彼が五番街に出て十分ほど歩いたときに、その猫は落ちてきた。考えごとをしていたので、まわりなんて見ていなかった――その日は、春が訪れたばかりで晴れわたり、強い春風が飛行機雲をかき乱して、建物の上で日向ぼっこしている鳩たちもじっとしていられないほどだったのに。でも、そんなことより、これから見学にいくシャーバー先生の授業についてなにかうまく言えるだろうかということで、彼の頭はいっぱいだった。

聴くこと、をシャーバー先生は教えていた。「『聴くこと』っていったいなんです？」同じ部署で働いているマーク・カルバートにたずねたところ、「ああ、音楽鑑賞の一形態ですよ。シャーバーさんは少々変わっていますがね、なかなかの音楽家なんです、彼女なりにね」という答えが返ってきた。シャーバー先生には会ったことすらない。少なくとも、意識にのぼる形で会ったことはない。大学の教授陣のリストにただずらりと並んでいる二百名あまりの名前のひとつにすぎなかった。なのに今日、休みの日を犠牲にして、この晴れわたった美しい、若葉の萌え出るおだやかな日に、彼女の授業を見学しにいき、学生たちに聴くことを教えられるかどうかを判断しなければならないのだ。聴くことに専門技術がいるのだろうか——学ばなければならないような技が？　生まれ落ちたその瞬間から、人は聴きはじめているんじゃないのか？

そのときだった、猫が落ちてきたのは。二十八丁目の交差点にさしかかったとき、ドスッという、明らかにほかとはちがう嫌な音がしたのだ。大きな重たい音で、同時にかすかな鋭い悲鳴も聞こえた。それだけでなく、はっきり見てしまったのだ。地面まで最後の十五センチほどだったろう。ゆううつな気持ちで歩きながら、パッと顔をあげた瞬間だった。そのせいで、猫は必ずしも四本足で着地するとはかぎらないことを、自分の目でたしかめるはめになった。かわいそうに、二十階ほどの高さから落ちて、わき腹を叩きつけられ、ヒクヒクとけいれんしている。目は開いていたが、ああ、天よ！　死にかけているのはまちがいない。自分はなにかすべきだろうか？　だが、なにができる？

あっという間に、まわりに小さな輪ができた。

「あそこの上から落ちてきたのよ」女性がヒステリックにくりかえしている。「ぜんぶ見てたの——通りを渡ろうとしたら——」

「獣医に連れていったほうがいいと思いますか？」だれかが言う。

「そんなことしても無駄だ。かわいそうに、どっちにしろ死ぬさ」

「管理人にきいてみるか？　高価そうな猫だから――」

「人にあたらなくてよかった――死人が出たかも――」

集まった人たちが口々に話していると、猫はふたたびビクンとけいれんした。そして、永遠に目を閉じた。

「ああ、飼い主は気の毒に。今ごろ、なにがあったんだろうって――」

「それを言うなら、窓をあけておくのが悪いんじゃ――」

彼はその場を離れて、また歩きはじめた。急がないと、遅刻してしまう。たしかにあの猫は高価そうだった。ブラウンとクリーム色がまざったふさふさの毛はダークチョコレート色がひときわ美しく、目は信じられないようなブルーだった。いかにも富裕層に属するものといったふうで、目の飛び出るほど高いモノグラム入りのバッグとか、金のアクセサリーとか、宝石のついた腕時計とか、高いということを目に見えるかたちで知らしめるためのもの。とはいえ、かわいそうに、猫は生きていたのだ、猫として。あの助けを求めるようなかすかな鳴き声がまだ耳にこびりついていた。こんな苦しみを与えられるなんてあんまりだというさけびが。

シャーバー先生には会ったことがあった。と、彼は教室に入ってすぐに気づいた。ちょっと変わった小柄な女性で、前に正面ロビーで、彼女がろうあ者の学生と話しこんでいるときにすれちがったことがあった。そのとき、強い印象を受けたのだ。二、三か月前のことだったが、ずいぶんと背が低くて百五十センチほどしかなく、黒い髪をくるりとねじって首のあたりの低い位置で団子にしていた。ジーンズにフランネルのシャツを着て、腰にセーターを巻き、エスパドリーユを履いている姿が、学生のように見える。でも、顔を見ると、四十代半ばといったところで、いくぶんしわが寄り、口元のしわはかなり目立っていた。アーモンド形の目は大きく、茶色がかった緑色をしていて、少し離れている。顔は縦に長い卵形で、特にあごと上唇のあたりが長く、下唇がときおり上唇より突き出るのがどこか滑稽(こっけい)で、けんか早い印象を与えた。けれどもそのときいちばん彼の目を引いたのは、彼女の顔が極端なくらい生き生きしていたことだ。数十もの表情が絶えずおいかけっこをしている。気の毒そうな顔、大笑いしている顔、深刻な顔、熱心な顔、悲しみに満ちた顔、うっとりした顔、恐ろしげな顔。同時に、信じられないほどの速さで両手が軽やかに動き、学生にむけて音のない視覚言語を次々に発していた。

「彼女もろうあ者なのかね?」彼は、そのときいっしょに歩いていたチャーリー・ホイットニーにきいた。

「シャーバーのことかね?　まさか!　口から先に生まれてきたようなタイプさ!」

まさに今、シャーバー先生は学生たちをまえにのべつ幕なしにしゃべりつづけていた。けれども、彼が入ってきたのを見ると、いったん中断して、やや硬い笑みを浮かべた。

「ああ、ミドルマス教授、おはようございます！　こちらにおすわりになりますか？　それとも、歩きながらごらんになります？　お好きなようになさってください――どうぞごゆっくり！　ええと、今ちょうど、学生たちに説明していたんです。これから、わたしがヨーロッパとアフリカへいったときに録音したテープを聴いてもらうところです。それぞれの音源の背景について分析してから、テープを再生します。授業の後半は、前半に聴いたテープの音が、音楽パターンや構造とどう関わっているかを示し、それが、つまりは音楽と言語との関連性を示しているのだということを説明する予定です」

ミドルマスはあいまいにうなずいて（彼女があまりに速くまくしたてるので、ほとんど意味がわからなかったのだ）、授業に耳を傾けながら、学生のようすを観察した。十九人の学生のうち十八人が出席しており、あまり細かく考えず面白がっている者から、半信半疑だったり、軽く退屈している者、すっかり夢中になっている者など、それぞれの表情を浮かべて教師を見ている。ひとりだけ、心底退屈しきったようすの男子学生がいる。寝そべるように椅子にすわって、ブロンドの頭はがくんと前に垂れている。前髪のあいだから靴ひもをしげしげと眺めているみたいに見えた。

テープの再生が始まると、軽く意表を突かれた。極端なほど音が小さかったのだ。この授業には防音の音楽室が割り当てられていたが、とうぜんだろう。中にはほとんど聴き取れないような小さな音も含まれていた。

「さて、これから聴くのはフランス南部の三角州地帯、カマルグの音です。草が風にそよぐ音と、はるか遠くの海の音が聞こえるでしょう。テープ再生五分後に、遠くのほうからかすかにドラムを叩くような音が聞こえるのに気づくはずです。ひづめの音です。野生馬です。近くへはきませんから、よく耳を澄ませてください。

次の音は、デンマークで録音したものです。湿地帯です。葦や枯れたイグサの立てる音が聞こえます。先ほど流したカマルグの音と似ていないわけではありません。しかし、こちらの音は、内陸で録音されたものです。空気の質がちがいます。共鳴が少ないのです。それから、三分あたりで、コウノトリが巣の中で動く音がします。近くの民家の屋根にコウノトリの巣があったのです」

シャーバー先生はコウノトリが巣を作るのに使った材料を詳細に説明してから、テープを流しはじめた。そして自分でも思い出すように耳を傾け、やすらかな、楽しんでいるような表情を浮かべた。

授業が進むにつれ、学生たちが二分されていくのがわかった。最初、ぼーっとしていた者や退屈そうにしていた者たちは、物憂げに天井を見つめたり、鼻や歯のあいだをほじったり、ガムを噛んだりして、苛立ちやうんざりした気持ちを隠していなかった。しかし、ほかの者たちは今や、夢中になってシャーバー先生を見つめていた。ブロンドの男子学生はあいかわらず足元を見つめている。

シャーバー先生がいくつか持ってきたテープが終わりに近づいたころ、コンゴの熱帯雨林で録音されたものが再生された。ミドルマスは昔からジャングルに憧れを感じていた。ジュリアン・デュギドの『緑の地獄』を読んだのがきっかけで、実際に自らジャングルに足を踏み入れる気はさらさらなかったが、そうしているところをときおり想像するのは好きだった。ミドルマスは、豊かな静寂に興味津々で耳を傾けた。カチカチ、チッチッ、ピーピーという鳥のさえずり、鋭い鳴き声やブーンという羽音、なにかをこするような歯擦音(しさつおん)。どれもシャーバー先生が集めてきた音だ。初めて、先生が差し出しているものを、手さぐりながらも受け止められているような気がしてきた。ふと見ると、ブロンドの男子学生もポケットから手を出して、集中するように頭を傾けている。

授業の後半になると、シャーバー先生は音楽をほんの一瞬聴かせ、それが声のパターンや、前半で聴いた自然の音に似ていることを実証してみせた。これはかなり面白いぞ、とミドルマスは思った。授業の全体像が見え、どういうことかわかってきたのだ。報告書に書こうと思っていたことを変えねばなるまい。実はすでに半分ほど練っており、必ずしも熱烈な称賛とは言えない内容だったのだ。「現実から乖離(かいり)している。学生にも積極的に取り組んでいる姿勢は見られない。

シャーバー氏に才能はあるが、その才能は不必要なものに——」だが、今ではもっと好意的なものを書く気になっていた。

そのとき、授業が中断された。秘書がドアをノックして、シャーバー先生に事務室へいくようにと言ったのだ。

「先生のお宅から警察が連絡してきて、どうやら先生のお宅に泥棒が入ったようなんです。それで、すぐに帰宅して、なにを盗られたか教えてほしいと」

「なんてこと！」気の毒に、シャーバー先生は真っ青になり、表情豊かな顔はギリシア悲劇の仮面のように、あんぐりと口が開いて、目が見開かれた。

「いっしょに行きましょうか？」ミドルマスは同情して申し出た。授業の前半に彼女のことをいささか見くびっていた罪悪感のせいもあるし、彼女が致命的な一打をこうむったように見えたからでもある。ブロンドの男子学生がすでに立ちあがり、机のあいだをすばやく抜けてシャーバー先生のところまで行き、腕を取った。だが、それでもミドルマスはいっしょにいくことにした。シャーバー先生に親しみと同情の念を抱いていることを示さなければという強い思いに駆られたのだ。

シャーバー先生は秘書の部屋にある電話で話しはじめたが、どうやら事態は彼女が思っている以上にひどいもののようだった。

「まさか、そんな！　テープがぜんぶ？」シャーバー先生はさけんだ。「いったいどうしてそんなものがいるんです？　割れて――壊されている――なんてこと！」シャーバー先生は、苦しみで膨れあがった心臓を押しこめようとするかのように丸めたこぶしを痩せた胸にあてた。秘書はかける言葉も見つからないまま、コーヒーを淹れにいった。ブロンドの男子学生は黙ってじっとシャーバー先生を見ている。シャーバー先生は受話器を置いて、ぼうぜんとしたようすで部屋の反対側を見つめたが、その目にはなにも映っていなかった。ミドルマスはそっと声をかけた。

「ひどい状態なのですか？」

「ぜんぶ盗っていったんです」シャーバー先生はぼそりと言った。「残ったものはぜんぶ壊していきました。粉々に打ち砕いたんです、ぜんぶ――」

そして、秘書が渡したコーヒーをうわの空でゴクゴクと飲んだ。

「鍵を閉め忘れたのかどうか、ずっと考えているんです。今朝、家を出たときに――管理人さんがドアが開いているのを見つけて――それで、警察に電話してくれたんです――とても緊張していたから――急いでいたし――わたし、鍵を閉め忘れたのかしら？」

「まさか！」ミドルマスはぞっとしてさけんだ。「緊張していたのは、わたしのせいだと――わたしが授業を見学するからだということではありませんよね？　そのせいで、鍵をかけ忘れたと――？」

「もちろん緊張していました！　とうぜん緊張していましたとも！　失礼します――警察がすぐにきてほしいと――教室へもどって、荷物をまとめないと――」

「こんなことになって、本当にお気の毒です」ミドルマスはシャーバー先生のあとについて廊下をもどりながら、自分の言葉は彼女に届いているのだろうかと考えた。「あなたの授業は、とても面白かったです――これまで見学した中でも、実に興味深くオリジナルな講義だと――」

自分の耳にも、ひどく偽善的で、そう言うしかないから言っているようにひびいた。これも、彼女の授業で学んだことなのだろうか？　人間の発話に含まれる偽りを見抜く方法？　だが、今、言ったことは真実だ――少なくとも、真実のつもりで言ったことだ、とミドルマスは思った。見ると、ブロンドの男子学生の目がこちらに注がれていた。真意を測ろうとするように、うさんくさそうに。

「高評価の報告書を書くつもりです」ミドルマスは、教室で道具をまとめはじめたシャーバー先生にむかって言った。「それであなたの気が少しでも晴れるのなら――」

「ええ――ありがとうございます――もちろんです」シャーバー先生はうつろな口調で返事をすると、すでにがらくたがごちゃごちゃと入っている大きなくたびれた毛織のバッグにテープを詰めこんだ。ミドルマスの言葉にかろうじて耳を傾けようとしているが、心はどこかよそへいっているのは明らかだった。「大陸をまるまる失ったようなものなんです。世界をまるまる。何年分もの仕事を」シャーバー先生はぼそりと言った。

「でも、まだコンゴのジャングルはあるじゃないですか。ここに入っているんですから」ブロンドの男子学生が言うと、シャーバー先生はほんの一瞬、いたずらっぽい笑みを浮かべて彼を見やり、長いあごと下唇を前へ出して大きくうなずいた。

「そうね！　ジャングルがひとつ残った――そこから芽が出るかもしれない。だけど、それを待っている時間が残っていないのよ」

シャーバー先生が帰っていくと、ミドルマスも大学を出た。気持ちがかき乱され、カフェテリアで食事をして、同僚と話す気になれなかったのだ。

気の毒に、シャーバー先生はすっかりうちひしがれ、絶望していた。彼女が荒らされた部屋に帰るようすが思い浮かぶ。巣の卵を盗まれた小鳥のように。しかも、最悪なのは、泥棒が入ったのは、彼女自身の不注意のせいかどうか、決してわからないところだ。自分だったら、これからずっとそのことで悩みつづけるだろう。そう、自分が被害者だったら。シャーバー先生はきっと何度も何度も頭の中で、朝、うちを出たときのことを再生するだろう。本当に鍵をかけ忘れたのだろうか。バッグから鍵を出しただろうか。それをもどしただろうか。わかったところで、被害自体が変わるわけでもないのに。

五十七丁目を歩きながら、ミドルマスはなんとか心を静めようと、何軒か行き当たりばったりにアートギャラリーに入った。最初は、十九世紀の肖像写真を見て、それから水彩の風景画を眺め、マチスの有名な作品に魔法のように癒され、半抽象の彫刻を見た。見覚えのある品物を砕いた断片をまたくっつけて、ごちゃごちゃの奇妙な形にしたものだ。さらに漫画の展示、日本の版画のコレクション、それから、九〇年代の本の装画の特集——そんなふうに西の方向へ歩いていった。サンドイッチでも買って、公園で食べようと思ったのだ。あいかわらず晴れて暖かいのどかな天気だった。

装画の展示室のとなりにもうひとつ小さな部屋があり、無名のアーティストの個展が開かれていた。ミドルマスの知らない名前だ。個展のタイトルはシンプルに「コラージュ」となっている。入り口越しに、静穏な雰囲気の白黒の作品がちらりと見えたので、中に入ってみた。二分くらいでさっと見て、それからサンドイッチを買いにいこうと思ったのだ。

飾りのない木のフレームに入ったコラージュは、あらゆる材料で作られていた。布地、新聞の切り抜き、木片、金属片、油布やタール布、金網、紐、曲げた針金、ガーゼ、粘土、気泡ゴムなどの切れ端がすべて黒か白に、塗られるか染められるかしている。そうしたものが寄せ集められ、成形され、プレスされ、まとめ上げられて、どことなく人間っぽく、どことなく怪物的でもある形を成していた。折れ曲がったボディや、なにかを指すように伸びた四肢、活力がはちきれんばかりのダンスや、縮みあがるような恐怖、悲しみに満ちたあきらめなどの奇妙なしぐさが表現されている。フレームの横のラベルに書かれたタイトルはすべて一語だった。〈待つ〉〈恐怖〉〈希望〉〈期待〉〈歓喜〉。

ミドルマスは、軽薄で気取った、真の創造性に欠いていると感じるものが全般的に好みに合わないのだが、ここにある作品にはふしぎなほど、心を動かされていた。彼の琴線——鋭敏な場所に触れたかのように。ふだんだったらなんともなかっただろうが、おそらく今日はすでに傷ついていたのだろう。ミドルマスはゆっくりと部屋を一周して、それぞれのフレームの中身についてひとつひとつじっくりと考えた。まるでおりに閉じこめられた生き物のようだ、と彼は独り言ちた。

ようやく出口までもどってくると、最後のフレームを眺めた。〈懇願〉というタイトルがついている。包帯を巻いた肢体の不自由な者が、フレームの真ん中で縮みこむようにしゃがんでいる。金網で作られた頭部は、包帯でぐるぐる巻きにされ、目が見えないからこそ必死に聴こうとしているような印象を与えた。四肢のうち一本は曲がったパイプで作られており、タールを染みこませたボロ布が巻かれていたが、なにかを訴えるように突き出され、フレームから飛び出している。先端は平らにつぶされ、ざっくりと手の形にしてあり、その手に名刺大の白い紙がホチキスで留めてあった。

カードに印刷された小さな文字が実在する文字なのか、そして実在する言葉なのかどうかをたしかめたくて、ミドルマスはそちらへ近づき、ショックを受けた。白い紙に墨汁で丁寧（ていねい）に書かれているのは、彼の名前だったのだ。〈ジョン・ミドルマス　医学博士〉。

ミドルマスはハッと息を呑み、それから笑いだした。そして受付の女の子のほうをふりかえると、この奇妙で驚くべき予言（オーメン）に激しく動揺しているのをごまかそうとして言った。

「信じられん！　この名前――この作品に――カードにある名前は、わたしの名前なんだ！　ジョン・ミドルマス！　ただし、わたしは医者ではないがね」

「そうなんですか？」女の子は髪が長くて、痩せて色は黒く、生気のない感じがした。醒めたようすで無頓着にこちらを見たが、そのせいで、この驚くべき偶然の一致がごくちっぽけなくだらないことにされた気がした。その顔は、**けっきょくのところ、ニューヨークじゅう探せば、だれかはその名前なわけでしょ？　それがあなたの名前だからってなんなの？　そんなに驚くこと？**と言っているように見えた。「電話帳から取ったんじゃないですか？」女の子はあくびしながら言うと、彼の機嫌を取るように「それに、お客さまはお医者さんじゃないんですよね？」とつけくわえた。

「ああ、ちがうよ、わたしは教師だ――」たいしたことじゃないのにバカみたいに騒いでしまった気がして、ミドルマスはギャラリーを出ると、サンドイッチを買いにいった。ベーコンレタストマトのサンドイッチを手に、肩甲骨に太陽の温かさを感じながらマディソン街を歩いていって左に曲がり、公園へむかう。スズメがさえずり、遠くのほうで鳥がかん高い鳴き声をあげたのを聞いて、ケープコッドで過ごした春の休暇のことを思い出した。

　暖かい日だったから、公園のベンチはどこもふさがっていた。すわるところを見つけられずに、ようやく池の近くでななめになった岩を見つけ、温まった面に、南のプラザホテルのほうをむいて腰を下ろした。池の水位は低く、ところどころ葦の生えた泥の島が現われている。サンドイッチを食べながら、カモメたちがあざやかに着水し、すいすい泳ぎまわって、水を飲んだり、羽づくろいしたりするさまを眺め、翻（ひるがえ）って鳩たちが、水面に降りることができずに、岩の上にドサッとばかりに不器用にのっかると、水を飲むのによたよたと端まで歩いていくのを見た。空をブーンという低い音を立てて飛行機が飛び、ヘリコプターがバラバラバラと旋回していく。そんな遠くないところを、救急車がサイレンの音を切れ切れにひびかせながら走っていった。

　ほどなくミドルマスはいちばん近いベンチに男女のカップルがすわっているのに目がいきはじめた。熱心に話しこんでいる。でも、気をひかれたのは、どちらかというと二人の連れているペットのほうだった。男の子は犬を連れていて、好きにうろうろさせている。レトリーヴァーの血の入ってそうな黒い雑種で、しなやかな体つきの活動的な犬だ。ふらりと出かけていっては、バシャバシャと池のふちを走りまわり、びしょぬれになってハアハア舌を出しながらもどってきて、飼い主に惜しみない愛情を示していた。

一方の女の子は、猫を連れていた。今日、見た二匹目の猫だな、とミドルマスは思い、今朝の恐ろしい出来事を思い出して、ブルッと震えた。本当に今日はおかしな日だ！　だが、都会ではこんなふうに日々が積み重なっていく。出来事の上にまた別の出来事が、溶岩のように吹き出してきて、ちゃんと理解する間もなく、また次の出来事が転がり落ちてくる。

でも、この猫——公園のほうの猫は、かわいそうに死んでしまった高価で優雅な毛並みの、今ごろはとっくに片づけられて、どこかのゴミ箱にでも捨てられている猫とはおおちがいだった。毛は半分白で、半分赤褐色をしている。老いて、毛はところどころ抜けてまだらになり、汚れて、耳はボロボロ、鼻は傷だらけ、尻尾は虫に食われたみたいになっていた。女の子は猫にリードをつけてつないでいたが、構うようすはなく、猫は飼い主がボーイフレンドと話しているあいだ、むっつりしてベンチのうしろにうずくまり、頭を前へ突き出している。埃っぽい地面も、踏みしだかれた草も、濁った池も、薄汚いスズメも、この公園のすべてが厭わしくてたまらず、世界にも、ボサボサの毛の老いた体にもうんざりだといった風情だった。

ときおり黒い犬は遠出からもどってくると、仏頂面（ぶっちょうづら）の猫を見つけてうれしい驚きといったふうに、転がしたり取っ組み合ったり噛んだり土埃をなすりつけたりする。猫はあきらめ顔ながらも逆襲し、尻尾を膨らませ、耳を寝かせて、シャーッと声をあげてキックを食らわせた。

「やめろ、バスター」男の子がうわの空で叱ると、女の子は「ああ、いいのよ、大丈夫。ジンジャーも本当は楽しんでるのよ」などと言っていたが、ミドルマスの観察によれば、それは真実からほど遠かった。猫は持てる感情すべてでもって、犬の乱暴なふるまいを嫌がっていた。

ほどなく二人は立ちあがって、歩きだした。犬はまた別のところにいけるのがうれしくて、たちまち先へ走っていった。けれども、猫は、この不快な外出中はなにがなんでも協力するもんかというふうに、頑として動こうとしない。さっきまではぶすっとしてまわりのことはすべて無視していたのに、今度はぐずぐずとベンチの脚のまわりを嗅ぎまわっている。女の子はいらいらして、リードを乱暴に引っぱったが、それでも猫がついてこないと、リードで宙に吊りあげた。猫は首輪でぶらさげられたかっこうになり、苦しそうに顔をしかめた。

「そんなことをするな。ちゃんと抱えてやれ!」ミドルマスは言おうとしたが、怒りでのどがふさがって、首を絞められた猫と同じ状態になった。女の子が地面におろすと、猫はのろのろと歩きはじめたが、数歩進んだところで足を止めては、道端でフンフンとにおいを嗅ぐので、主人は気に入らないらしく、足を踏ん張っているのをずるずると引きずったり、またリードで吊りあげたりした。ようやく二人が視界から消えると、ミドルマスは心の底からほっとした。いやな娘だ。呪ってやりたいくらいだった。だが、猫もだいぶ年を取っていたから、ああいった扱いにもとうに慣れているにちがいない、と心の中で自分に言い聞かせる。いや、だとしても関係ない。あの娘は、いっしょに暮らしている動物の気持ちにどうしてああも無神経でいられるのだ?

両手をぎゅっと握りしめていたせいで、ようやく力を抜いたときには、腫れてじんじんしていた。両手を見下ろし、恨めしい気持ちで、もう前のようにしなやかではないのだ、と思う。わたしはどんどん年を取っている。なにか言うべきだった。なぜ黙っていたのか？　それは、なにか言ったところで、おせっかいなうるさい老人だと思われるだけだからだ。「余計なお世話です、あたしの猫なんだから、好きなようにしていいでしょ」などと言われるのが関の山だ。おせっかいは、なんの役にも立たない。なら、黙っていたら、役に立つのか？

いつの間にか、雲が出てひんやりしてきた。うちへ帰るバスに乗ろうと五番街へむかいながら、これから待っている気の乗らないさまざまな作業のことをあれこれ考えた。納税申告書の記入、請求書の支払い、家具の修理、書かなければならない仕事の手紙。どんなに目立たないように日日を送って、弾にあたらないよう頭を低くしてじりじりと歩んでいったとしても、けっきょく最後は、周囲のこまごまとした事情の犠牲になるのだ、とミドルマスは思った。そしておそらく、致命傷になるのはとどめの一発などではなく、ボディブローを何度も食らっているうちに、疲れきって屈することになるのだろう。

このままアヒルにじわじわとかじり殺されるのさ——ミドルマスはだれかがそんなことを言っていたのを思い出した。いったいどこで、こんなぴったりの言葉が生まれたんだろう？

バスがきたので、乗りこんでうしろ座席が空いていないかと通路を歩いていく。そうすれば、進行方向に対して横向きにすわらないですむ。ミドルマスはそれが苦手だった。人生は果てしなくつづく重要でない選択の集まりなのだ、と思う。

うしろの座席は埋まっていたので、横向きの座席のいちばんうしろ端にすわり、しばらくしてだれかが降りたら席を代わろうと考えた。バスは五番街を下っていく。ガタガタと揺れながら午後の道路を走っていくあいだ、ミドルマスはまたシャーバー先生のことを考えはじめた。気の毒に、もう家についていて、めちゃめちゃにされた持ち物を調べ、警察の無神経な説明を聞いているころだろう。ミドルマスも経験上知っているのだが、警察は、失われたものがもどってくるかもしれないというわずかな希望も与えてくれない。彼らが関心を持っているのは、そこではない。警察にとって大切なのは、窃盗犯の正体を特定できるかどうかなのだ。

「全世界を失ったよう」そう、彼女は嘆いていた。

だが、少なくとも彼女には、失うことのできる世界があった。

二十八丁目にさしかかったとき、ふいに猫のことを思い出した。最初の猫のほうだ。猫が落ちてきたのは、このあたりだったはずだ。でも、今はそんな形跡もない。人々は、いつものように異常なスピードでその上を行きかっている。舗道についた血はもう、砂をかけ、掃き清められているだろう。こうしてわれわれはきて、また去っていく。どうして猫のことを考えているのだ？　その前は、シャーバー先生が失ってしまったもののことを考えていたのに。

そのとき、ふたたび声が聞こえた。不満たらたらのかすかなミャーという鳴き声。閉じこめられて憤慨し、こんな目にあわされてうんざりだと飼い主に伝えようとしているため息。猫語によるうらみごとが。

一瞬、ミドルマスは頭がおかしくなったのかと思った。猫の幽霊に取りつかれているのだ、それも猫二匹に。けれども、顔をわずかに横へむけると、あの女の子がすぐ右手の後部座席の窓側にすわっているのが見えた。カバーをかけた籠を膝にのせている。するとまた、ぼやくような小さなミャーが聞こえた。女の子は籠に顔を近づけて、ふたをほんの少しあけると、ぼそぼそと小さな声でささやいた。「ほら、静かに！　もうすぐうちに着くから」

女の子が顔をあげたひょうしに、ミドルマスと目が合った。ミドルマスはほほえんだ。その女の子は、小柄で痩せていて色が黒く、あのギャラリーの受付にいた女の子によく似ていた。それに、ギャラリーの女の子と同じように、ほほえみを返さず、なにか考えているようにじっとミドルマスを見つめた。ほほえんだくらいじゃ信用できないし、こっちの領域にずかずか入ってこさせたりしないから、とでもいうように。

そんなふうにはねつけられ、ミドルマスは顔をそむけて立ちあがった。どちらにしろ、もう彼の停留所についていた。

うちに帰ると、もどかしい思いで机の前にすわり、今朝、急いで晴れた空の下に飛び出したときは、あとで片づけようと思っていた部屋に背をむけた。

そして、大学の報告書の用紙を引き寄せると、講師の欄に「マーシャ・シャーバー」と記入した。科目名のところに「聴く」、そして評者の欄に「ジョン・ミドルマス教授」と自分の名前を書いて、日付を記入する。それから、〈コメント〉と書かれた欄に書きはじめた。

「シャーバー氏には学生に教えるべき重要な知識があるが、しかしそれがなにかというのははっきりしないところが……」

そこでミドルマスは手を止め、ペンを持ったまま、評者の欄に書かれた自分の名前をじっと見つめた。心の中ではふたたび、口と目をふさがれ、背を丸めて憂(うれ)いに沈んだ、四肢の不自由な者の姿を見ていた。嘆願するように、木のフレームから黙って彼の名前を差し出していた、あの姿を。

上の階が怖い女の子

She Was Afraid of Upstairs

テッシーはあたしのまたいとこだった。ピッカピカに頭がよくて、根っからのいい子で、いつもこざっぱりと身ぎれいにしていた。それに、器用で、五歳のときからなんでも読んだ。新聞も手紙も図書館の本も、活字ならどんなものでも読む。きゃしゃでひどく瘦せていて、ちっとも美人ではないけれど、小さな子どものころから、みんなを驚かせるような言葉でものごとを表現するすべを身につけていた。「ママ、ほら、お日さまがしずんでく。髪の毛がお顔に巻きついてるね」とか、赤い自転車に乗った郵便配達のジャンパーじいさんのことを、ベツノドコカから知らせを運んでくると言ったり、キビ砂糖をレタスの葉にのせたもの（大好物だった）を「おさとうはっぱ」と呼んで、「今日はあんまりいい子じゃなかったけど、おさとうはっぱを食べてもいいかな？　ねえ、ママ？」などと言ったりした。

たいていはとてもいい子だったし、悪意なんてこれぽっちも持ち合わせていなかった。

ところが、テッシーはぜったいに上の階へいかなかった。

ほんの小さな赤ん坊のころから、物心ついたときにはもうそんなふうだった。母親のサラ（わたしのおば）がテッシーを抱いて上の階へいこうとすると、金切り声をあげつづけ、まるで殺されにでもいくようだったという。最初は、ベッドに寝かされたくないか、もしかしたら暗闇が怖いのかもしれないと、みんなは考えたけれど、そうではなかった。なぜなら、上の階以外の場所ならどこでだって寝たからだ。奥の台所でも、階段下のほうき入れでも、差し掛け小屋のボイラーの横や、一度なんてフレッドおじさんがかっとなってゆりかごごと石炭小屋に寝かせたこともある。「石炭小屋に寝かせろ。寝室で寝ないっていうなら、あそこで寝かせてやる」

ところが、テッシーは石炭小屋で、一晩じゅうすやすやと眠り、ピーとすら言わなかった。サラおばさんはテッシーの厄介な気質にほとほと困り果てた。一階には一部屋しかなく、夜くらいはだれだって子どもに面倒をかけられずに過ごしたい。子どもが寝にいかないのは、昔からある問題だけれど。そうこうしているうちに、テッシーが三歳のとき、フレッドおじさんとサラおばさんはバーミンガムへ引っ越すことになった。その家には、奥に台所と小さな庭があり、フレッドおじさんは庭にごくごく小さな、荷箱ほどもない小屋を、台所の外壁ぞいに建てて、小さなベッドを置き、テッシーは雨の日も雪の日もそこで眠るようになった。

昼間は上の階へあがったかって？

あがらなかった。どうしてもというとき以外は。

「テッシー、上へいって鋏を（きれいなタオルを）（ブラシを）（カモミールの瓶を）取ってきておくれ」テッシーが歩けるようになると、サラおばさんはそんなふうに使い走りをたのんだ。と、たちまちテッシーの唇が震えはじめ、目に取り乱した表情が浮かぶ。けれども、サラおばさんはそんなことでひるむような人ではなかった。おばさんは、テッシーの寝る場所をめぐる大きな戦いには負けたのだ、だから、あとはどんな小さなことでも、バカげたことを許すつもりはなかった。子どもは上の階に行かなければならない。行きたいとか行きたくないとかは、関係ない。だから、テッシーはサラおばさんの視線を感じつつ上の階へあがっていくのだけれど、その足音を聞けば、まるで錆びた釘を引き抜くように一歩一歩、足を持ちあげてのぼるさまが伝わってきたし、上の階にあがったらあがったで、今度は誤って家の中に入ってしまったリスか小鳥のように、ビクビクしながら進んでいくのかが感じられた。そして、なんにしろサラおばさんに言いつけられたものを見つけると、それこそ、兵隊に追っかけられているような勢いで駆け下りてきて、取ってきたものを母親の手に押しつけると、そのまま庭に飛び出していって、あえぐように新鮮な空気を吸いこむのだ。テッシーは外にいるのがなによりも好きで、サラおばさんがなにも言わなければ、一日じゅう庭で過ごしていた。小さな一角を自分の花壇兼畑にして、レタスやカラシナを植えたり、フレッドおじさんが買ってきた種や、そのうちいろんな人がくれるようになった花の種や接ぎ穂を育てたりした。テッシーには植物を育てる才能があった。庭はとても美しく、緑の葉と、スイセンやブルーベルやスイートピーやマリーゴールドなどの花で覆い尽くされていた。もちろん、近所の人たちはやってきては、差し出口をした。ご近所というのはそういうものなのだ。「子どもが上の階へいかない？　自分の子だったら、そんなことは許さないね」お向かいに住んでいるオークレイ夫人は言った。「言わせてもらうけど、お話にならないよ。あたしなら、鞭でよく教えこむね」ほかの人の家にいっても、同じで、お茶に呼ばれるような歳になっても、テッシーは頑として上の階へいこうとしなかった。それだけはどうしてもだめだった。

テッシーがちゃんと自分の思っていることを言える年齢になると、もちろんみんなはなんとか言って聞かせようとした。

「どうして上の階へいかないの、テッシー？　上の階のどこがだめなの？　なにも悪いものなんてないわよ。ベッドとたんすがあるだけ。それのなにが問題なの？」

そして、サラおばさんは笑いながら言う。「上の階のほうが天国にも近いじゃない」

けれども、テッシーは首を縦にふらなかった。「上の階はだめなの！　だめなのよ！　悪いものがいるの」ほんの小さな子どものときは、「暗い森があるの。暗い森が」と言っていた。それから、「月のおじいちゃんがいるの！　こわいの！　こわい！」おかしいのは、本物の、空に浮かんでいる月のことは、これっぽっちもこわがらないことだった。むしろ、心から愛していて、夜に外へ出ると、銀色の光を捕まえようとしたり、空からキラキラしたモール飾りが落ちてくるみたいと言ったりした。

サラおばさんは、テッシーが学校に通いはじめたらどうなるか、心配していた。学校にはとうぜん上の階の教室もあるわよね、どうなるかしら？　けれども、フレッドおじさんはつまらないことで騒ぐな、取り越し苦労だ、学校へいく年齢になるころにはそんなバカげたこともなくなるに決まってる、子どもなんてたいていそんなものなんだから、と言った。

お医者さんもテッシーのそうしたわけのわからない話を聞くことになった。テッシーがジフテリアにかかって悪化し、のどになにかできたので、何度も往診することになったからだった。

「ここで寝るのは、お嬢さんの体によくありません」テッシーのベッドが台所にあるのを見て、お医者さんは言った。冬だったので、お医者さんに外へ出て庭のテッシーの小屋までいってもらうわけにはいかないと考えたのだ。そう言われると、サラおばさんは泣いて泣いて泣きつづけ、お医者さんに事情を話した。

「そんなバカげたことはすぐに終わらせてみせます。お嬢さんは今、病気ですから、自分がどこにいるかなんて気づきやしません。よくなって、目を覚ましたときに、上の階にいるとわかったら、それで恐怖症はなくなりますよ」お医者さんはこの言葉を使った――「恐怖症」。こうして、テッシーは台所のベッドから上の階へ運ばれた。ところが、なんとまあ！　テッシーの騒ぎ立てたこと！　悲鳴をあげつづけた！　生きたまま皮をはがされたのかと思うような声だった。通りじゅうの窓という窓から顔が突き出された。お医者さんは慌ててまたテッシーを一階へ下ろさなければならなかった。「まあ、これだけ元気があるんですから、ともあれ、ジフテリアで死ぬことはないでしょうよ」お医者さんがひどく気分を害しているのは、一目でわかった。お医者さんというのは、逆らわれるのが嫌いなのだ。「ずいぶんと頑固なお子さんですね、まったく」そう言い残して、お医者さんはカンカンに怒って帰っていった。ところが、ほかのお医者さんにテッシーの強情ぶりを話したにちがいない。というのも、一週間かそこらしたころ、トロシック氏とかいう心のお医者さんがやってきて、精神分析だか心身分析だかをするということで、テッシーに山のように質問したのだ。あれを覚えているか、これは覚えているか、赤ん坊のころはどうか、なぜ上の階へいきたくないのか、理由は言えないのか、月のおじいさんとか暗い森というのはなにか。中には、お母さんとお父さんが上の階へいったとしたら、二人のことが心配にならないのかという質問もあった。

「ううん、母さんと父さんには危険じゃないから。危険なのはあたしだけなの」

「どうしてきみには危険なのかね？　どんなことが起こると考えているんだい？」

「すごくこわいこと！　これ以上ないってくらいこわいことが起こるの！」

トロシック博士は大量のメモを取り、用意してきたあらゆるテストを受けさせると、今度はテッシーを上の階へいかせようと、なんとか説得して、階段の下に一分間立たせ、それから次の段、そしてまた次の段というふうに進ませた。ところが、四段目になると、テッシーはガタガタと震えはじめ、ぼろぼろ涙を流したので、それ以上先へいかせることはできなかった。

こうしてなにも変わらないまま、テッシーが六歳かそこらになったある日、ニュースが飛びこんできた。市街地再生。おばさんたちが住んでいる通りの建物が取り壊しになることに決まったのだ。再開発。二階建ても地下二階建てもとにかくすべて壊され、住人はみんな高層アパートに移らなければならない。サラおばさんとフレッドおじさんとテッシーは、すでに完成した建物の十六階の部屋をあてがわれることになった。

サラおばさんは取り乱した。今の小さな家を愛していたし、テッシーのことを考えると——

「あの子は死んじまいますよ」おばさんは嘆いた。

それを聞いて、フレッドおじさんはかっとなった。おじさんは頭の回転が速い人ではなかったけれど、頑固だった。

「なにもかも子どもに合わせて生きるわけにはいかん。公営アパートをくれるっていうんだぞ。いい話じゃないか、もらわない手はない。あいつも、いつも自分の思いどおりにはならないってことを学ばなきゃならん。それに、アパートにはエレベーターがある。エレベーターで上にあがれるなら、階段のときほど大げさに考えないかもしれないぞ。もしかしたら、十六階は、二階や三階よりいいかもしれない。それに、ぜんぶの部屋が同じ階にあるわけだからな。中には階段はないんだ」

なるほど、サラおばさんもおじさんの言うことには一理あると思った。あと、おばさんに考えられるのは、とにかく一度、テッシーを高層アパートに連れていって、どんな反応をするかたしかめてみようということだった。おばさんのいとこのアダ（あたしの母さんだ）はすでに高層アパートに引っ越していたから、サラおばさんはテッシーを連れてあたしたちに会いにくることになった。

最初は順調だった。テッシーはまわりを興味津々といったようすできょろきょろ見まわし、特にしりごみしているふうもなく、エレベーターに乗った。

「これはなに？」扉が閉まると、テッシーはたずねた。

「エレベーターよ。これからアダおばさんとウィニーとドリーに会いにいくの」

さて、サラおばさんが話したところによれば、エレベーターが上昇しはじめると、テッシーの顔から血の気が引いて、ふきんみたいに真っ白になり、あたしたちの住んでいる十階についたとたん、ばったりと倒れてしまった。気を失ったのだ。完全に意識を失っていて、なかなか目を覚まさなかったものだから、サラおばさんはひどく取り乱してしまった。

「あたしはなにをしちまったんだろう？　この子になにをしてしまったの！」おばさんはそればかり言いつづけた。

みんなでおばさんを手伝って、テッシーを家に連れ帰った。けれども、そのあとも、テッシーはひどく具合が悪いままだった。脳炎、って昔は言ってたやつだよ、とうちの母さんは言った。火みたいに熱くなってさかんに寝返りをうち、暗い森だとか月のおじいさんだとかうわごとを言って泣きさけんだ。長いあいだそんなふうだったので、心配で先のことなどなにも考えられなかったけれど、ようやく回復しはじめたころ、サラおばさんはフレッドおじさんに相談した。「さてと、どうすりゃいいんだろうね？」

とうぜん、おじさんは怒りに怒ったけれど、公営アパートへの入居をあきらめ、別の仕事を探しはじめた。どこか別の、一階に住めるような場所を探して、ようやく海辺のトップネスという、ここから百五十キロほど離れた小さな町に仕事を見つけ、家やらなんやらを用意し、引っ越すことになった。

本当はテッシーがそこそこよくなるまで引っ越したくなかったが、市から早く家を出るようせっつかれた。通りの建物はすべて取り壊されることになっており、おばさんのうちの反対側はすでに見わたすかぎり灰色の瓦礫がどこまでも広がって、こちら側の建物ももう半分ほどなくなっていた。

「どういうこと？」テッシーは窓の外を見ては、くりかえしたずねた。「あたしたちの世界はどうなっちゃうの？」

テッシーはひどく悲しんだ。

「あたしの庭もああなっちゃうの？　あたしのスイートピーもマリーゴールドもぜんぶ？」

「大丈夫よ、新しい家にはとてもきれいな庭があるから」

「二階で寝なくてもいいの？」

「ええ、大丈夫。父さんが小屋を作ってくれるから。ここにあるのと同じようなのをね」

こうしておばさんたちは身のまわりの品を荷物にまとめ、出発した。サム・ホワイトローが店で使っているバンを引っ越し用に貸してくれ、運転も引き受けた。

新しい家まではかなりかかる。百五十キロ以上あるうえ、ほとんどがなにもない荒れ果てた土地を走ることになる。でも、テッシーは一目見たときから、その景色を気に入った。サラおばさんの膝の上にすわって、窓から緑の野や羊を眺めていたが、二、三時間ほどたってムーアに入ると、具合がまた悪くなりはじめ、おでこと手が火のように熱くなった。ぐずぐず文句を言ったりはしなかったけれど、苦しいのでしくしくと泣いて、大粒の涙をぽろぽろとこぼした。サラおばさんは心配のあまりどうかなりそうだった。

「まだ引っ越せるほどよくなってなかったのよ。寝かしとかなきゃいけなかったのに。ああ、どうしよう」

「まだ半分もきてないよ」ホワイトローさんは言った。「どこかに寄るかね？」

悪いことに、まわりには家らしきものはなかった。見わたすかぎり、建物がひとつもない。そのまま走っていくうちに、テッシーはいよいよ右へ左へともだえ苦しみ、またもやうわごとが始まって、その叫び声はサラおばさんの心をずたずたに引き裂いた。

ついに（そのころには冬の日も沈み、あたりは薄闇に包まれていた）、前のほうに明かりがぽつんと現われ、やがて道路から奥まったところに、小さな古い家が一軒、こんもりと木々の生い茂る丘を背に建っているのが見えてきた。

「あそこで停まって、手を貸してもらえないかきいてみよう」ホワイトローさんが言い、サラおばさんもうなずいた。「ええ、そうしましょう！　そうしてください！　電話があればお医者さんを呼んでもらえるかもしれない。ああ、心配でどうかなりそう！　この子をこんなに早く動かすんじゃなかった！」

おじさんとホワイトローさんが降りて、ドアをノックすると、男の人が出てきた。フレッドおじさんが病気の子どもがいることを説明すると、家の持ち主（白髪の老人だったと、サラおばさんは言った）は「電話はないんだ、このとおりな。ここにはひとりで住んどる。とにかく入って、その嬢ちゃんをわしのベッドに寝かせておやり」と言った。

そこで、おばさんたちはテッシーを家の中へ運びこんだ。そのころには、テッシーは意識がほとんどなくなっていた。サラおばさんは中へ入ったとたん、思わず息を呑んだ。というのも、中は家というより納屋か家畜小屋で、踏み固められた土の床に、農具や手押し車のたぐい、それにカブが積み重ねられているだけだったのだ。

「この上だ」おじいさんは、壁際の石階段を指し示した。

どうしようもない。おばさんたちは上にあがった。

上の階はきちんとしていた。寝室と台所と二部屋あって、鉄製の料理用コンロが置かれ、窓にはすべてカーテンがかかり、ベッドの毛布は何度も洗濯されて毛羽立っていた。テッシーはひどく具合が悪く、自分がどこにいるかもわからない状態だった。おばさんたちはテッシーをベッドに寝かせ、おじいさんはお湯を沸かしにいった。サラおばさんが娘に温かいものを飲ませたいと言ったからだ。

フレッドおじさんとホワイトローさんは車でいってお医者さんを連れてくるから、どこにいけばいいのか教えてほしいと言った。

「ああ、村にいきゃあ、医者がいる。ウォットンアンダーエッジの村にな。八キロ先だよ。ハスティ先生っていってな、実にいい先生だ。先生ならすぐにきてくれるだろうよ」

「ここはどこなんです？　先生にどう説明すれば？」フレッドおじさんはたずねた。

「ここなら、先生は知っとるよ。暗い森農場って言えばいい」

おじさんたちが出かけると、おじいさんはサラおばさんのところへもどってきた。おばさんはなんとかテッシーを楽にしてやろうとしていたが、テッシーはのたうちまわり、苦しい、頭が痛い、と泣いて訴えつづけた。

「ヨモギ茶を飲むといい。少し落ち着くだろう」おじいさんは台所へいって、緑色の飲み物を煎じ、青と白の器に入れて持ってきた。

「ほら、奥さん、飲ませてやってごらん」

一口、二口すすると、テッシーは少し落ち着いて意識がもどり、初めて目をあけておじいさんを見た。

「ここはどこ？」すっかり弱っていたので、今にも消え入りそうな声だった。

「わしのうちだよ。ゆっくりお休み！」

「おじいさんはだれ？」

「わしかね？　わしは羊飼いのトム・ムーンだ。月(ムーン)じいさんさ。まさか今夜、ムーンのうちで嬢ちゃんが眠ることになるとは思わんかったよ！」

それを聞くと、テッシーはキャッとさけび、また気を失った。

気の毒に、サラおばさんはすっかり慌てふためき、なんとかテッシーの意識を回復させようとしながら、ムーンさんにテッシーの恐怖症や病気の原因のことを説明した。

ムーンさんは、黙ってじっくりと耳を傾け、どういうことかを理解した。

それから、テッシーの枕元にすわって、手を取った。

するとテッシーは意識を取りもどし、恐怖に満ちた目でムーンさんを見つめた。サラおばさんはベッドのかたわらにひざまずいた。

「いいかい、嬢ちゃん、わしは羊飼いだと言ったろう。生まれてこの方、一度も羊を傷つけたことはない。わしの仕事は羊たちの面倒を見ることだからな。わかるだろう？　つまり、わしが嬢ちゃんを傷つけることもない。だから、怖がるんじゃないよ。怖いものなんてなにもない。このムーンじいさんは怖くもなんともないんだ」

けれども、テッシーは全身をガタガタ震わせている。

「ずっと怖かったんだね？」ムーンさんがやさしく言うと、テッシーはうなずいた。

ムーンさんはテッシーをじっと見て、それから、身を乗り出して目の中をのぞきこむと、頭をなでてやり、彼女の両手を握った。

「いいかい、嬢ちゃん。わしは嘘を言うつもりはない。これまで一度も嘘はつかなかったからな。羊には嘘はつけないんだ。わしが嬢ちゃんの友だちで、嬢ちゃんの幸せを祈っていると信じてくれるかい？」

もう一度テッシーはうなずいた。さっきよりもさらに弱々しかったけれど。

「なら、テッシー嬢ちゃん、ちゃんと話さなきゃならん。嬢ちゃんはこれから死ぬ。嬢ちゃんがずっと怖がっていたのは、それだ。だが、そんなふうに怖がる必要はなかったんだよ。なぜなら、怖いことなんてなにもないから。痛くもない、苦しくもない、ただ扉のむこうへいくだけなんだ。わしはちゃんと知っているんだ。なぜなら、たくさんの羊や子羊が弱さや寒さのせいで、あっちへ連れていかれるのを見てきたからね。一度眠って、また別の人生で目を覚ますようなものだよ。どうだ、テッシー、信じるかい？」

うん、とテッシーはうなずいた。うっすら笑みを浮かべ、ベッドの反対側にいるサラおばさんのほうへ目をむけた。

そして、テッシーは受け入れ、息を引き取った。

変身の夜

Furry Night

国立演劇博物館のだれもいない通路を、秋の黄昏時の青い薄闇がひっそりと包んでいた。アーヴィング（1838 - 1905 ライシーアム座の人気舞台俳優）の紫のマントのひだひとつ、風にそよぐようすはない。エレン・テリー（1847 - 1928 当時のシェイクスピア劇で名をはせた女優）のダチョウの羽根の扇は、毛羽立つようすもなくなめらかだ。濃い藍色に光る胸当ては、博物館の設立者でもあるサー・マードック・メレディスがマクベスを演じたときにつけていたものだが、やかんのように静かに周りのようすを映していた。

しかし、そんな静けさにもかかわらず、ガラスケースにはさまれ、ココヤシの繊維のマットの敷かれた狭い展示室には、どこか張り詰めた、予感に満ちた雰囲気があった。なにかしらの危機が訪れたか、これから訪れるのを暗示するような緊張感がみなぎっている。

まったき静寂の中で耳を澄ませると、ほんのかすかに、はるか遠くの展示品のあいだをひそやかに歩いてくる小さな足音が聞こえるような気がする。

デイヴィッド・ギャリック（1717 - 1779 俳優、劇作家、劇場支配人）のショーケースの陰で男が二人、低い声でしゃべっていた。

「ここだったんだ」歳上の白髪の男が言った。

男はガラスの破片を拾いあげると、眉を寄せ、小さなゴミ箱に放りこんだ。ケースの正面部分のガラスが外され、黒いぴったりとしたズボンや金の勲章が夜気にさらされていた。

「口外しないようにたのんだよ。病院の人間や救急隊員はもちろん、しゃべらないだろう。ほかにはだれもいなかったんだ、ついてたよ。司祭が噛みつかれただけだ」

「なるほど」若いほうが言った。「うるさく文句を言われたんですか」

「いや、そうではなくて、文字どおり噛みつかれたんだ。あ、静かに！」白髪の男は声をひそめた。「サー・マードックがきた」

　遠くのささやき声を思わせる音はどんどん大きくなって、ゆっくりと歩く足音になった。二人の男は口を閉じてさらにうしろに下がり、暗がりにすっぽりと身を隠した。すると、通路のむこう側に人影が現われ、こちらへやってくると、シャイロックに扮したエドマンド・キーン（1787 - 1833 当時最高の俳優と讃えられた）の肖像画の下で立ち止まった。絵は奥行きのある額縁に入っているせいで、黒い四角にしか見えなかった。

　予想はしていたものの、男が実際に幽霊のような声でしゃべりはじめると、隠れている二人はビクッとした。

狼にむかってたずねるようなものだ、
なぜ子羊を食い殺し、母羊をなかせるのだと（『ヴェニスの商人』より）

隠れている二人のうちひとりの袖が壁にすれ、これ以上ないというほどわずかな音しかしなかったにもかかわらず、サー・マードックはパッとふりかえった。頭をぐいと突き出し、歯を剝き出す。二人の男が息を凝らしていると、サー・マードックはふたたび肖像画に向きなおった。

おまえの野良犬の魂は
狼を支配していたのだ。それを人間が食い殺し
絞首台の上から、凶悪な魂が抜け出し……（『ヴェニスの商人』より）

サー・マードックは言葉をとぎらせ、手を額にあてて、前かがみになると、押し殺した声でつづけた。

おまえの欲深さは、

狼のように残忍で、意地汚く、貪欲なのだ！（『ヴェニスの商人』より）

サー・マードックはあごを胸にうずめるようにうつむき、声は聞こえなくなった。そのましばらく考えこんでいるように見えたが、やがてまた歩きはじめ、すぐに二人からは見えなくなった。ひっそりと階段を降りていく足音が聞こえ、ほどなく回転ドアが回る音がした。

用心深く長めの時間をとったあと、二人は隠れ場所を出て、展示室をあとにし、グレートスミス通りで待っていた車に乗りこんだ。

「ピーチトリー、きみにあれを見ておいてほしかったんだ」と、歳上のほうが言った。「自分がどんな責任を引き受けることになるのか、わかってほしいんだ。ざっくばらんに言わせてもらうと、これまでの経験からいって、きみはこの仕事に適任とは言えないが、とはいえ、きみは若いし、勇敢で、冷静沈着だ。そしてなにより、サー・マードックはきみのことを気に入っている。サーをこっそりと見張り、一分たりとも目を離すな。きみの仕事は、秘書であり付き添いであり住み込みの精神分析医なんだ。デフォー先生には手紙を書いておいた。地元のポルグリュー村のお医者さんだ。お歳を召しているが、実際的な感覚の持ち主だとわかると思うよ。彼の助言には耳を傾けるようにな……きみはたしか、オーストラリアで育ったんだっけ？」

「ええ。こちらにきて、まだ六か月です」イアン・ピーチトリーは答えた。

「そうか、じゃあ、サー・マードックの芝居は観たことがないんだな」

「そんなにすばらしかったんですか?」

「サーの喜劇は少々不気味すぎたな」ホーウィック卿は考えながら言った。「だが、悲劇に関して言えば、サー・マードックの足元に及ぶ者はいなかった。サーのマクベスには、震えたよ。

見張りの狼に起こされ
その遠吠えにけしかけられて、ひそやかに忍び寄り、
ルクリースを犯しにいく、タークインの足どりで、
亡霊のように獲物に近づいていく。

サー・マードックがセリフを言いながら、舞台の上を二歩か三歩、しのびやかに進む。そうすると、首のまわりで灰色の毛が逆立つのが、本当に見えるんだ。唇がめくれ上がって牙が剝きだしになり、黄色い目がらんらんと輝くのがね。背筋が凍るようだった。彼のシャイロックやシーザーやアテネのタイモンには、並ぶ者はいなかったよ。オセロやアントニーを演じたことはなかったが、彼のイアーゴーは悪の傑作だったね」

「どうして舞台に立つのをやめてしまったんです?　まだ五十歳を超えたばかりでしょう?」

「狼憑きを患っている者の例にもれず、サー・マードックも感情を抑えることができない。かっとなると、症状が出てしまう。どんどん発作が起こりやすくなっていったんだ。舞台係がまごついたり、キューを出すのを失敗したりすると、もうだめだ。怒りでブルブルと震えだし、変身が始まる。

舞台の上にいるときは、それも悪くなかった。観客は催眠術にかかったようになり、灰色の毛を生やしたイアーゴーがハンカチをくわえて舞台の上をのしのしと歩く姿をいとも簡単に受け入れてしまう。だが、ひとたび舞台から下りれば、そう簡単にはいかない。襲われるんじゃないか、嚙まれるんじゃないか、といった不安を訴える声が徐々に大きくなり、ついに舞台俳優組合が異議を申し立てた。それで、サー・マードックは引退し、しばらくは博物館の設立に心血を注いでいたんだ。しかし、それが終わった今、また感情が不安定になりはじめた。今日も、司祭がなんの気なしにギャリックのハムレットは世界一だと言ったせいで、襲いかかったんだからね」

「そうした攻撃の際は、どうすればいいんです？　治療法はあるんですか？」

「〈狼殺し〉（トリカブト）のエキスだよ。鎮静剤に二、三滴垂らせば、さしあたりは回復する。もちろん、投与は、想像がつくとおり、難しいがね。コーンウォールの環境はじゅうぶんすぎるほどおだやかだから、サーが刺激されることもないと期待するしかない。サーが結婚していないのは残念だよ。女性はいい影響を与えただろうからね」

「なぜ結婚なさってないのです?」

「三十歳のときにある女性にふられてね。それ以来、ほかの女性には見向きもしなかった。ポルグリューの女性だったそうだよ、彼のうちの近くのね。ひどく侮辱的な事件だったんだ。結婚式の二日前に、彼の癇癪(かんしゃく)には耐えられないと手紙をよこしてきたんだよ。それがすべての始まりだった。その事件のあと、ここにもどってきたのは今回が初めてなんだ。さあ、ついたぞ」ホーウィック卿は、ハーレイ通りにある自分の家の玄関を見やった。「入ってくれ。〈狼殺し〉の処方箋を渡すから」

高名な専門医であるホーウィック卿は、若き同僚のために礼儀正しくドアを押さえた。

コーンウォールまでの道中は、これといったことは起こらなかった。医師のイアン・ピーチトリーは著名な元俳優の患者を車に乗せて走りながら、ときおり、畏敬の念と好感のまじり合った思いでちらちらと助手席を見やった。A30道路でのろのろ運転にいらいらさせられたり、エクセターで渋滞に巻きこまれたり、ダートムーアでタイヤがパンクしたときなど、発作が起きたらという考えが頭をかすめた。そうなったら、処置できるだろうか? しかし、整った横顔は微動だにせず、深く窪んだ金色の目は、人間の目のまま、狼のそれに変わることはなかったし、むしろ、遅れを気にかけるようすもなく楽しげにしゃべっていた。イアンは、演劇の話に魅了された。

一度だけ、ひやりとした瞬間があった。ポルグリューの猟場の境まできたとき、サー・マードックは手入れされていないやぶを腹立たしげに見やったのだ。イバラが伸び放題になっていた。

「あの代理人に会うまでの辛抱だ」サー・マードックはぼそりと言うと、半分ひとり言のようにつぶやいた。「おお、狼どもが住みつく／荒れ野にもどるほかない（『ヘンリー四世』より）」

イアンは、代理人にいい言い訳があることを心の底から祈った。

しかし、館につくと、悪趣味なヴィクトリア・ゴシック建築のバカでかい建物だったが、こうこうと明かりがついていて、二人を温かく歓迎してくれた。昔からいる家政婦はサー・マードックの帰郷を泣いて喜び、ワインの栓が抜かれ、食卓で先祖から伝わる銀器が輝いている。イアンの不安はだんだんと収まっていった。

食事のあと、ナッツとワインを持って表へ出ると、ダイニングルームのフランス窓から漏れる光の照らすベランダにすわった。見あげると、クルミの大木が影になって浮かびあがっている。いい香りのする金色の葉が、足元の敷石の上に散っていた。

「ここの空気には癒しの力があるな。もっと早くもどってくればよかった」サー・マードックはそう言ってから、ふいに体を固くした。「ハドソン！　あいつらはだれだ？」

庭園のむこう側の、薄闇でほとんど見えないあたりに、木々のあいだをひらひらと飛びまわる人影が見える。

「ああ、ただの若い人たちですよ、だんなさま。毛球レースの練習をしてるんです。心配ありません。なんの悪さもしませんから」家政婦はこともなげに言った。

「わたしの土地でか？　わたしの土地を横切ろうというのか？」

イアンは、サーの目がぐっと細くなって、黄色にぎらつくのを見て、心が沈んだ。サーの両手がこわばって、ぐっと指が丸まる。家政婦はわかっているのだろうか？　主人が発作を起こすことがあるのは、知っているのか？　ポケットの中に手を入れ、〈狼殺し〉の入ったガラスの小瓶と皮下注射器に触れる。

すると、みながハッと黙った。少女の澄んだ歌声がひびいてきたのだ。

さあ、飢えたライオンがうなり
狼が月にむかって吠える――（『夏の夜の夢』より）

「クラリッサさまです」ほっとしたように家政婦が言った。

ベランダの端からほっそりとした姿が現われ、こちらへやってきた。

「サー・マードックでいらっしゃいますか？　はじめまして。クラリッサ・デフォーと申します。父にごあいさつしてこいと言われましたの。本当なら父が自分できたかったのですけど、患者さんに呼ばれて。すばらしい夜じゃありません？」

クラリッサはみんなの横へ腰を下ろすと、気負ったようすもなく楽しそうにしゃべりはじめた。イアンはうれしい驚きをもって、雇い主の手から力が抜け、目がふだんの形にもどるようすを見つめた。この女性が〈狼殺し〉に頼ることなくサー・マードックの気持ちを鎮めることができるなら、これからしょっちゅう会わなければ。

しかし、サー・マードックが寒くなってきたから家の中に入ろうと言ったとき、イアンの心に芽生えはじめた計画は揺さぶられた。イアンは気骨のある気さくな青年だったが、これまで女性にそこまで興味を抱いたことはなかった。ところが、ランプのやわらかな光でクラリッサ・デフォーを一目見たとたん、その野性的な美しさに打ち砕かれてしまったのだ。彼女になにも告げないまま、危険にさらすような真似をしていいのだろうか？

あっという間にクラリッサのとりこになったイアンは、彼女がアリエル（『テンペスト』に出てくる大気の精）の歌を歌うのをぼーっと見つめていた。サー・マードックはすっかり魅せられたようすで、くつろいでいる。クラリッサが帰ると、イアンはまた毛球（ファリーボール）レースの話が出るまえにサー・マードックに寝るように言った。

次の朝、イアンは村へいって、目に賢さを宿した陽気なデフォー老医師にレースについてきいてみた。

「ほう？　毛球(ファリーボール)レース？　五年前にうちの娘が復活させたんだよ。ポルグリューとロストミッドの二つの村でな、毛球(ファリーボール)と呼んでいるボールを奪い合うんだ。毛球(ファリーボール)といっても、毛はついとらん。リンゴの木でできていて、真ん中に銀色の帯がついているんだ。帯にはこう書いてある。

　　ロストミッドの村から出れば
　　頭は割れ、血が流れるだろう

ボールはロストミッドにある。そして、レースの日にポルグリューの若者はロストミッドに忍びこんでボールを奪い、だれにも止められずに境界を越えなくてはならない。これまでまだ成功した者はいないんだ。どうしてそんなことを？」

イアンは昨日の夜のことを説明した。

「ああ、そういうことか。それは、具合が悪いな。きみは若者たちがサー・マードックの土地に入っているのを見たら、サーの発作が起こるんじゃないかと心配しているんだね。問題は、村の境界を越えるのに、あそこがいちばんの近道ということなんだよ」

「もしお嬢さんが後押しをするのをやめたら、レースはなくなると思われますか？」

「残念ながら、娘はぜったいにやめたりしないよ。あのレースに夢中なんだ。クラリッサは少々おてんばでね。はしゃぎまわるのが好きなんだよ。レースはバカ騒ぎの極みだからね。ボールを奪えるかどうかは二の次なんだ。母親がまだ生きていれば……ああ、なんということだ！」老医師はふいにひどく不安そうな顔をした。「メレディスがもどってこなければよかったんだが。そう願っていた。クラリッサに話してみるのは構わないが、説得するのは無理だろう。今は、コースの下見にいっているよ」

ロストミッドとポルグリューは、隣り合った深い峡谷にあった。そのあいだのぐっと高くなった低木の茂る泥炭地までが、ポルグリューの猟場だ。そこの四つ辻に電話ボックスがあり、両方の村の人たちが使っていた。一角に、ひっきりなしに吹く強風で傾いたブナの林があり、クラリッサはそのあたりの地勢を考えこんだようすで調べているところだった。イアンもそちらへいって、館のほうをふりかえると、サー・マードックが、さっきからいるプライベートのゴルフコースでおとなしくボールを打っているのが見えたので、ほっとした。

風の強い晴れた日だった。イアンはクラリッサの髪が、海辺の日差しで茶色くなったブナの葉の色をしていることに気づいた。顔のちょっと変わった輪郭が、きらめく木漏れ日で際立って見える。

イアンは問題について話した。

「そうなのね」クラリッサは眉間にしわを寄せた。「残念だけど。男の子たちはやる気満々なの。やめるとは思えないわ」

「別の道を使ってもらうことはできないかな?」

「あの道しか、だめなのよ。わかるでしょ? 昔は、とうぜんこのあたりはぜんぶ共有地だったんだし」

「だれがランナーになるかは知っている? ボールを持って走るのがだれかってこと」たっぷりとわいろを渡して遠回りしてくれるようたのめないだろうかと考えていたのだ。

けれども、クラリッサの無邪気なトパーズ色の目にほほえみが躍った。「ああ、それはね、最後の瞬間に決めるの。そうすれば、ロストミッド側に、突撃してきてボールを奪うのはだれかばれないでしょ。でも、こうするのはどう? レースを夜に開くようにするの。そうすれば、サー・マードックがレースを目にする心配がないでしょう? そうよ、それがいいわ。それに、そっちのほうがずっとスリルがあるし。レースは今度の木曜日なのよ」

イアンは、サー・マードックがそれで納得するかどうかは疑問だと思ったけれど、ちょうどそのとき、サー・マードックがバンカーにはまっているのに気づいた。大量の砂が飛び散り、雇い主の顔が危険を感じるどす黒い赤色に染まっている。「この砂に/埋めてやる(『リア王』より)」とか色と血に狂ったやつがどうとかとか、腹立たしげにつぶやいている。

イアンはサー・マードックのところまで駆け下りていって、そろそろビールでも飲みませんかと言いつつ、クラリッサのほうへ手をふった。サー・マードックはクラリッサに気づくと、すぐに落ち着きを取りもどし、クラリッサも同席するよう誘った。

イアンは、そのころにはすっかりクラリッサに首ったけだったので、職務と個人的な強い感情のあいだで引き裂かれていた。つまり、仕事の点からいえば、クラリッサがいると患者に好ましい影響があることは認めざるをえなかったが、一方で、クラリッサがしょっちゅう年寄りの狼准男爵と過ごすのはいいことだとは思えなかった。しかも、クラリッサはイアンがそうやって気を揉んでいるのを察していて、笑っているような気がしてならないのだった。

その週は、まずまずおだやかに過ぎていった。サー・マードックは二つの村の村長を呼んで、毛球(ファリーボール)レースの日に彼の土地に入った者には厳格な処罰を下すと言いわたした。二人の村長は、よくわかっていないような顔で聞いていた。サー・マードックはさらに、ドミニオン&コロニアルの店から人捕り罠とバネ銃を注文したが、間に合うように届くことはほぼなさそうなので、イアンは胸をなでおろした。

クラリッサはしょっちゅう館に寄った。クラリッサの芝居や歌は、気難しいサウル老王を慰めたダビデの竪琴のごとく、サー・マードックの心をおだやかにする効果があるようだった。けれども、イアンはクラリッサの存在が危険を招くことになるのではないかという予感を振り払えなかった。

毛球（ファリーボール）レースの日、クラリッサは館にこなかった。サー・マードックはほぼ一日じゅう、目を光らせながら雑木林を歩きまわっていたが（イアンの目には、まさに獣がのし歩いているように映った）、茂みや落ち葉の中に侵入者が潜りこんでいるようすはなかった。日が暮れはじめると、落ち着きのない風がそわそわと吹きはじめたので、イアンは家の中に入るよう雇い主を説得した。

「サー・マードック、だれもきやしませんから。警告を見て、みな、怖れたんでしょう。別の道を使うことにしたんですよ」そう言いながら、自分でもそう確信できればいいのだけどと、イアンは思った。『シーザーとクレオパトラ』をやっているのを見つけて、テレビをつけたが、かえってサー・マードックの機嫌を損ねたらしい。しばらくすると、サーは立ちあがって部屋の中をうろうろしはじめ、テレビを消してぼそぼそとつぶやいた。

それなら、なぜシーザーを暴君にさせておくのだ？
あわれな男よ、やつは狼にはなるまい！（『ジュリアス・シーザー』より）

サー・マードックはさっとふりむいて、イアンを見た。「わたしの土地からあの若者たちを締め出したのは、まちがっていただろうか」

「さあ――」イアンがどう返事をしようかぐずぐずしていると、ロストミッドのある峡谷から爆発音がひびき、十数発の花火が空へ打ち上げられるのが窓越しに見えた。

「だれかが毛球（ファリーボール）を取ったというしるしですよ」ハドソンがシェリー酒のデキャンタを持って、部屋に入ってきた。「ひさしぶりのことですねえ」

サー・マードックの表情が一変した。そして、ひとまたぎでフランス窓までいくと、ぱっとあけ放ち、猛スピードで走りはじめた。イアンは慌ててあとを追った。

「待ってください、サー・マードック！　待って！」

サー・マードックはふりかえったが、これまで見たことのない顔で低いうなり声をあげた。

『眠れる狼を起こすな！』（『ヘンリー四世』より）」そしてそのまま走っていったが、イアンもあきらめずあとを追う。四つ辻まできてロストミッドのほうを見下ろすと、光があちこちへさ迷い、一か所に集まったかと思えば、四方へ散るようすが見えた。

「うまく逃げたみたいだ」イアンはつぶやいた。「いや、ちがう。あそこにいる！」

光のうちのひとつがすうっとそれ、谷を降りていくのが見えた。そして、くっと曲がると、斜面をななめにこちらへあがってきた。

「あの光を持っている若者に、こちらへ近づかないように言わなければ。あのままサー・マードックと鉢合わせさせるわけにはいかない」イアンは近づいてくる光へむかって谷を駆け下りていった。サー・マードックは木立へもどって身を潜めた。姿は見えないが、らんらんと光る金色の目だけが見える。

まさにその瞬間、クラリッサが道標のほうへ急な坂道をひそやかに駆けのぼってきた。たいまつを持った男に斜面を走らせ、みんながそちらに気をとられるように仕向けたのだ。クラリッサはズボンに濃い色のセーターといういでたちで、片方の手にしっかり毛球（ファリーボール）をつかんでいた。

サー・マードックは近づいてくる足音を聞きつけると、じっと待って、飛びかかった。

クラリッサを救ったのは、タートルネックの分厚いフィッシャーマンズセーターだった。少女と狼はもつれ合ってゴロゴロと転がり、クラリッサは持っていたリンゴの木の球で相手のあごを殴りつけ、球を捨てると、逃げだした。ふりかえるような真似はしなかった。クラリッサはそう足が速かったが、それでも狼はぐんぐん追いついてくる。クラリッサは電話ボックスに飛びこむと、ガシャンと扉を閉めた。

狼もすぐにやってきて、灰色の逞しいからだが扉にぶつかる音がひびきわたった。ガラス越しに、牙がきらりと光るのが見える。手はブルブル震えていたが、クラリッサは慎重にダイヤルを回した。

一方、イアンがおとりの男に追いついたのと同時に、勝ち誇った一団が彼を捕まえた。

「そっちへ行っちゃだめだ。サー・マードックが待ち伏せしてる。きみたちを襲おうとしているんだ」イアンは息を切らしながら言った。

「毛球(ファリーボール)をよこせ」ロストミッドの若者たちがさけぶ。

「ぼくは持ってない！」男が、手足を引き裂かれそうになりながらもさけび返した。「まんまと騙してやった。クラリッサさんが持ってるんだよ。もうとっくに逃げちまってるさ！」

「なんだって？」

イアンはすぐさま男たちを置いて、走りだした。今では、ポルグリュー側の援軍も駆けつけて取っ組み合いになっている。イアンは、おそろしく急なのぼり坂を駆けあがって、サー・マードックのもとへ急いだ。

電話ボックスのようすを、上についている照明がこうこうと照らしている。クラリッサは電話をかけ終わり、怒りくるった狼が扉に体当たりするのを冷静に眺めていた。

こんな状況で雇い主に呼びかけるのは簡単ではない。

イアンは抑制をきかせた、力強い声で言った。

「サー・マードック、伏せてください。伏せ！　こちらに！」

サー・マードックはふりかえって、恐ろしい怒りをたたえた金色の目でイアンを見た。目をぎらつかせ、怒りで毛を逆立てている姿は、実際、息を呑むすばらしさだった。おそらく体重は六十キロくらいだろう。シンリンオオカミではないかと思ったが、はっきりしたことはわからない。イアンはポケットから薬の小瓶を取り出して、注射器に薬液を吸い上げると、そろそろと近づこうとした。次の瞬間、サー・マードックがイアンに飛びかかった。イアンは闘牛士のようにひらりと身をかわし、電話ボックス側に回りこんだ。

「オーレ！」クラリッサは闘牛の観客のようにかけ声をかけ、扉をほんの少しだけあけたが、たちまちサー・マードックはこちらをむいて、また体当たりを始めた。

「『失せろ、愚かな女郎屋の召使いめ！』（『ペリクリーズ』より）」イアンはさけんだ。これは、目の覚めるような効果があった。狼は気を失ったようにばったりと倒れた。その隙を逃さずイアンが注射針を刺すと、たちまち狼の姿は、濡れたボトルからラベルが剝がれ落ちるがごとくに消え失せ、サー・マードックがあえぎながら、体を震わせ、目をぎゅっと閉じて倒れていた。

しばらくすると、サー・マードックは目を開いた。「ここはどこだ?」イアンはサーの腕を取ると、そっと扉から引き離し、草の生えた土手にすわらせた。

「一、二分で気分もよくなります」イアンはそう言うと、シェイクスピアの効果を思い出してつけくわえた。「『陛下、それを癒すのは、時の役目』（『シンベリン』より）」サー・マードックは弱々しくうなずいた。

クラリッサは電話ボックスから出てきて、やさしく語りかけた。「もう大丈夫ですか、サー・マードック？　歌を歌いましょうか？」

サー・マードックはぼそぼそと言った。「大丈夫だ、ありがとう。きみはここでなにをしているんだね？」そして、ひとり言をつぶやいた。「こんなふうにかっとなってはいかんな。頭がくらくらする」

地面でなにかがきらりと光り、イアンはそちらへいって拾いあげた。

「それはなんだ？」サー・マードックはふいに興味を示してたずねた。「見覚えがあるぞ——見せてもらえるかね？」

同時にクラリッサが言った。「ああ、それはわたしのメダイヨンです。きっと取れちゃったのね……」クラリッサの声がとぎれた。クラリッサとイアンはサー・マードックを見つめた。すさまじい震えが、サー・マードックの体を駆け抜けた。

「これをどこで手に入れたのだ？」サー・マードックは深く窪んだ目をクラリッサにむけた。指は硬直したように銀の聖フランシスのメダイヨンを握りしめている。

「母のものだったんです」クラリッサは消え入るような声で言った。こんな怯えた顔をしたクラリッサは初めてだ。

「名前はルイーザか？」クラリッサはうなずいた。「ということは、父親は——？」

「ちょうど父がきました」クラリッサがほっとしたように言った。ごつごつした人影が木立を抜けてこちらへやってくる。

「『おお、汚らしい盗人め！』」サー・マードックは投げられた槍のように食ってかかった。「わがルイーザ！『惑わされ、盗まれたのだ、魔術や薬でもって』（『オセロ』より）」

「いやいやいやいや、待ってください」医師はおだやかな口調で言いながら、歩調をゆるめずにこちらへきたが、サー・マードックから目は離さなかった。「その言い方は事実とはちがう。彼女のほうからわたしのところへきたんです。わたしのほうは、独身生活を楽しみにしていたんですから」

「『つまらない人生を送らないためにも、一生独身で通すつもりです』（『から騒ぎ』より）」イアンは心を落ち着かせるようにつぶやいた。

「サー・マードック、これは言っておきます」デフォー医師は、昔からの友人のようにサー・マードックと腕を組んだ。「あなたはうまいこと、彼女を厄介払いしたんですよ」そして、ゆっくりと、しかしきっぱりした足どりで館のほうへもどりはじめた。准男爵もけげんそうながらいっしょに歩きはじめた。

「なぜだね？」サー・マードックはすでに少し落ち着いていて、耳を傾ける気になっていた。

「まずは、あの短気です。この世のものとは思えませんでしたよ！　次に、マカロニチーズ、毎晩ですよ、どうかほかのものにしてくださいとお願いしなきゃならなかった。第三に、時間にルーズなこと。第四に、長くて恐ろしい夢の数々。朝食のときにどうしてもと言って、話して聞かせるんですから……」

おもねるようなセラピーめいた口調を崩さぬまま、デフォー医師の声はどんどん遠ざかっていき、やがて二人の男は夜の闇に呑みこまれた。

「はあ、これで大丈夫ね」クラリッサはほうっと安堵のため息をついた。「イアン、どうしたの！」

こみあげる動揺をこれ以上、抑えきれずに、イアンは、溺れかけた男のようにクラリッサの腕をつかんだ。「きみになにかあったらと思うと、怖くてどうかなりそうだった」イアンはクラリッサの髪に、耳に、首元にむかってつぶやいた。「心配だった、もしや――いや、いいんだ。もう」

「うん、もう大丈夫」クラリッサはうなずいた。「わたしたち、結婚するの？」

「もちろんだ」

すると、クラリッサは言った。「わたしの毛球（ファリーボール）を探さなきゃ。谷のほうで大掛かりな戦いになってるみたい。その隙に、ボールを境界のこっち側に持ってこられるかも」

「でも、サー・マードックが――」

「サーのことは、お父さまが見てるわよ」
クラリッサは数歩いったところで、すぐに毛球（ファリーボール）を見つけた。「いきましょ。森を通るのがいちばん早いわ。ポルグリューの教会の塀の上に置くことになってるの」

森の中を駆けていくあいだ、近づいてきたり声をかけてくる者はいなかった。谷のほうから聞こえる花火の音とどなり声から、ロストミッドとポルグリューの若者たちは、お互いのちがいはいいことにして、お祭り騒ぎを楽しむことにしたらしい。

「明日は病院は大忙しね」クラリッサは塀のくぼみに毛球（ファリーボール）を押しこんだ。「これを見たら、驚くでしょうねえ」

イアンとクラリッサがのんびりとベランダのほうへあがっていくと、サー・マードックとデフォー医師が親しげにポートワインを飲み交わしていた。サー・マードックは長年の悲しみが取り去られた人の顔をしていた。

「さて」デフォー医師は楽しそうに言った。「これで、われわれのあいだの誤解も解けましたね」

しかし、サー・マードックは立ちあがって、クラリッサを出迎えにいった。

「『まちがいない／このレディは／わが娘に思えるのだが』（『リア王』より）」サー・マードックは重々しく言った。

二組の金色の目が合い、互いに事実を受け入れた。

「これで、サーのちょっとした問題も決着するだろう。あの娘が館で暮らして、サーから目を離さないようにすれば、もう心配はない」デフォー医師はつぶやいた。

「でも、クラリッサはぼくと結婚するんです」

「なおいいじゃないか。けっこうけっこう。娘を厄介払いできて、ありがたいよ。まったくね」

イアンは疑わしげにベランダのむこうにいる未来の義理の父親を見やったが、狼は動物たちの中でも特別献身的な父親であることを思い出した。サー・マードックは平和と幸せに満ちたようすでクラリッサの髪をなでていた。

それを見て、イアンはハッとした。「サー・マードックが父親ということは――」

しかし、デフォー医師はファアアとあくびをした。「そろそろ寝るよ。明日は忙しくなりそうだからな」そして、暗い木立に姿を消した。

こうして二人は結婚し、館で幸せに暮らした。クラリッサのどんな小さな願いもかなえられた。父親も夫もクラリッサを大事にしたし、もし彼らがクラリッサを怒らせないように格別努力していたとしても、それは愛情ゆえだった。が、自分たちが危険なものを抱えているのを知っていたことも、まったく関係ないわけではなかっただろう。

キンバルス・グリーン

The Dark Streets of Kimball's Green

「エム！　エム！　まったく、あのいまいましいガキはどこへいったんだろう？　エム！　捕まえたら、ただじゃおかないよ！　こっぴどくひっぱたいてやるから！」

ベラ・ヴォーン夫人は、いまいましげに短い通りを見わたした。がっちりとした体型に、ごわごわの短い白髪を横わけにし、ピンでぴっちりと留めている。唇の端からつねにタバコがだらしなく下がり、短くなると、たちまち次のが現われた。「エム！　いったいどこへいったんだい！」ヴォーン夫人はまた声を張りあげた。

「ここにいます、ヴォーン夫人！」角からエメリーンが慌てて飛び出してきた。

「いつまで待たせるんだい！　児童福祉課の人が、おまえのようすを見にきたんだよ。さあ、支度するんだ」

ヴォーン夫人は、パンパンにのびたエプロンのポケットから櫛（くし）とハンカチを引っぱり出して、エメリーンの髪を乱暴にすくと、ハンカチをペッとつばで濡らして、しりごみするエメリーンの顔をゴシゴシとこすった。

「こんにちは、エメリーン。外で遊んでいたの?」家の中に入ると、児童福祉課の女の人が言った。「いいことね。子どもには新鮮な空気がいちばんよ。ねえ、ヴォーンさん?」

「この子はいつも外にいるんです」ヴォーン夫人はぶすっと答えた。「朝も、昼も、夜もね。子どもが家の中でゴロゴロしているのは、よくないですからね。このへんは、あまり車も通らないし」

「さて、エメリーン。調子はどう? ヴォーン夫人と楽しく暮らしているわよね?」

エメリーンは足元を見たまま、モゴモゴとなにか言った。年のわりに小さく痩せていて、黒っぽい髪に青白い頬をしている。

「暗い子なんです」ヴォーン夫人は言い放った。「本ばかり読んでるんですから。あたしが表で遊ぶように言わないとね」

「本を読むのが好きなの? どんなものを読んでいるのかしら?」女の人はやさしくたずねた。

「本です」エメリーンはぼそりと言った。福祉課の女の人は、テレビの上にごたごたと積み重ねてある雑誌の山を見やった。

「手あたりしだいに読むんですよ、ほっといたらね。でも、ほっといたりしませんよ。本を読んだからって、なんになるっていうんです? なんにもなりゃしない」

「さあて、あなたがうまくやっているようでよかったわ、エメリーン。いい子にして、ヴォーンさんの言うことをよくきくんですよ。また来月きますからね」女の人は小さな車に乗りこむと、果てしなくつづくリストにのった次の訪問先へ走り去った。

「さてと。あたしも、町の公会堂にビンゴをやりに出かけるからね。おまえも外へおいき。十一時ぴったりに、玄関の階段のところにもどってくるんだよ。もしいなかったら、ひどい目にあわせるからね」

エメリーンはモゴモゴとなにか言った。

「家の中にいたいだって？　バカなことを言うんじゃないよ！　それにやつらも、火事になったら大変だから、おまえをひとりで置いておくなって言ってたじゃないか？」

「外はとても寒いんです」冷たい九月の風が、通りに落ちた紙くずともみあい、エメリーンはうすい上着の下でブルッと震えた。

「なら、走って、暖まりな！　新鮮な空気がいちばんだって、あのおせっかいババアも言ってたろ。まあ、これでまた一か月はこないんだから、楽なもんさ。さあ、とっととおいき！」

エメリーンはとっとと出るしかなかった。

ヴォーン夫人の家のあるキンバルス・グリーンは、ロンドンの片隅にある、荒れ果てた奇妙な地域だった。丘の上を中心に広がっていて、てっぺんに聖チャド教会が崩れかけて黒ずんだ姿をさらしている。四、五本ある通りには、やはり崩れかかって真っ黒になった小さなボロ家が軒をつらねていた。この地区は取り壊されることが決まっており、ほとんどが空き家だった。どの家も、まるでしなびたリンゴか老人の顔のように縮んでしわが寄り、何百年分もの汚れを溜めこんで、恐ろしいほどひどく汚れている。小さな丘のまわりには、ヴァンシー湿地と呼ばれる平らな荒地が広がっていたが、十九世紀までだれも使おうとしなかったこの土地にも、今では、貨物操車場やレンガ工場やガス工場や発電所が立ち並び、丘の上にぽつんと残されたキンバルス・グリーンの上に真っ黒い煙をもうもうと吐き出していた。

こんな陸の孤島に、好き好んで住む人がいるとは思わないだろう。ところが、丘のてっぺんに近いシルヴァン通りで生まれたヴォーン夫人は、やつらがブルドーザーでやってくるまではぜったい引っ越さないよ、と言っていた。ヴォーン夫人は、ヴァンシー孤児院から一定の年齢以上になって里子に出された子どもを引き取って、暮らしをたてていた。孤児院は、工場の煙と湿地からあがってくる湿気のせいで、健康にいい場所とは言えなかったが、大勢の孤児がいた。けれども、引き取ってくれる家はほとんどなかったので、ヴォーン夫人のもとにはたくさんの子どもたちがやってきたが、いちばん新しくきたのが、エメリーンだった。今ではもう、このあたりには、ほかにほとんど子どもはいなかった。子どもどころか、住んでいるのは、取り壊しが決定している家にこっそりと住みついているいかがわしい者たちばかりだ。第一、買い物のできる場所が遠すぎた。八ペニー払ってバスにのり、操車場とガス工場を抜け、ウァンシー大通りまで出なくてはならなかったのだ。

みんな、エメリーンはこの地区の生まれだと思っていた。聖チャド教会の階段に捨てられているところを拾われたからだ。三月の風の強い夜だった。けれども――むしろそのせいで、エメリーンはひとけのない暗い通りを怖がった。エメリーンには怖いものがたくさんあった。その中には、ヴォーン夫人と、息子のコリンも入っていたが、なにより恐ろしかったのは、週に五回やってくる、ヴォーン夫人がビンゴにいく夜だった。そのあいだ、外の通りで待っていなければならなかったのだ。それこそ、二人の友だちがいなかったら、とても耐えられたとは思えない。

ヴォーン夫人の丘を下る重い足音が聞こえなくなると、最初の友だちが姿を現わした。古い黒ずんだ柵のあいだから、痩せた体がするりと出てきて、エメリーンを元気づけるように足首に体をこすりつける。尻尾はうれしそうにピンと立っていた。

「スクローニー！　きてくれたのね」エメリーンはほっとして言った。「ほら、夕ごはんのチーズの皮をとっておいたの」

スクローニーはやつれたみすぼらしいトラ猫だった。ヒゲは不ぞろいで、耳はつぶれ、尻尾の毛はほとんど抜けている。ノラ猫だったから、見つけたものを片っぱしから食べて生きていた。今も汚らしい大きな音を立ててガツガツとチーズの皮を食べ、終わっても、ろくに口のまわりもなめなかったけれど、エメリーンはスクローニーのことを心から愛していたし、それはスクローニーも同じだった。毎晩エメリーンが窓をあけておくと、スクローニーは、雨樋や洗濯小屋の屋根をつたって、部屋にやってきた。こんなことがヴォーン夫人に知れたら、たちまち大目玉を食らうだろうが、エメリーンはよく気をつけて、ヴォーン夫人が起こしにくるずっとまえに、スクローニーを外へ出すようにしていた。

チーズの皮がなくなると、スクローニーはエメリーンの腕の中に飛びこみ、エメリーンはすかすかの毛の中に両手を突っこんで温めながら、突きあたりの教会まで歩いていった。そこには、電話ボックスがあった。このあたりの家と同じように古くて汚れているうえに、もう何年も故障したままなので、今ではもう、硬貨の一枚でも出てきやしないかと叩いてみる人さえいなかった。だから、ここを使っているのは、エメリーンだけだ。ほとんど毎晩のようにここにきていた。不良たちがうろついて、石を投げてくるような晩は別で、そういうときはゴミバケツのうしろや外階段の下に隠れたけれど、不良たちさえいってしまえば、ここは雨風をしのぐのにとても便利だった。なによりもいいのは、明るいので本が読めることだ。電話ボックスの中にある電球はとうの昔に割られていたけれど、ちょうど真上に街灯があった。

「今夜は本はないのよ、スクローニー。まだヤキーモーさんに新しいのをもらってないの。どうする？　だれかに電話をしてみる？　それともお話をしましょうか？」

スクローニーはゴロゴロとのどを鳴らして、しま模様のマフラーみたいにエメリーンの首にぶらさがった。

「電話してみる？　じゃあそうしましょ」

エメリーンは重いドアをバタンと閉めた。中は暖かいとまでは言えないけれど、少なくとも風は入ってこない。スクローニーはエメリーンの肩から、電話帳用の棚に飛び移った。電話帳自体はとっくに盗られて、なくなっていた。エメリーンは壊れた受話器を取りあげ、ダイヤルを回した。

「もしもし、クノベル王ですか？　ああ、陛下。あなたに警告しようと、お電話したのです。あなたの砦（とりで）に敵の大軍が迫っています。かの〈闇の子〉族です。よこしまな女王ベラヴォーンは、槍と二輪戦車（チャリオット）であなたの城を攻撃するつもりです。家来たちに、いつも以上に勇敢にふるまうようおっしゃってください。全員に弓と、ひとえびらの矢と、槍二本と、剣を持たせ、忠実なる猟犬を一頭ずつ従わせるのです」エメリーンはスクローニーをなでた。スクローニーは一生懸命聞いているように見える。「闇の子族の数は、あなたの家来の数をはるかにしのいでいます。ですから、陛下、ドルイドの長に、魔法の飲み物を準備するよう命じてください。材料は、ソラマメとゼニアオイとチコリの葉。飲んだ者に勇気を与える飲み物です。葉をハチミツ酒にひたしてから、一晩置いて露（つゆ）を集めれば、全員の舌をしめらすだけの量がとれるでしょう。そうすれば勇気を得て、闇の子族を打ち負かし、砦を守ることができます」

　エメリーンはなんの音もしない受話器にしばらく耳を押しつけてから、スクローニーに説明した。「クノベル王は、魔法の飲み物ができるまえに、闇の子たちが攻めてきたらどうなるのか、知りたがっているの」

「ミャーオ」とスクローニーは鳴いて、棚からエメリーンの足の上にぴょんと飛びおりた。そこなら、寝そべるだけの余地がある。

「わたしの忠実なる猟犬が、家来たちに命じてイバラとサンザシで高い防壁を築くようにと言っています」エメリーンはクノベル王に言った。「野営地のまわりを三重に取り囲むように作らせてください。そして、それぞれの輪の中に、家来を三分の一ずつおくのです。陛下とドルイドの僧たちは、真ん中の輪の中に入ってください。それぞれの部隊は自分たちの持ち場を死守し、魔法の飲み物ができるまで、闇の子族たちの攻撃をくいとめなければなりません。いいですね？　では、幸運を祈ります」

　エメリーンはもう一度耳を押しあてた。

「わたしがだれかってきいてるわ」エメリーンはスクローニーにそう言うと、受話器にむかって言った。「あなたの友、エメリーン姫です。助言をしているのは、忠実なる魔法犬、カタスクラン。では、ご健闘を」

エメリーンは電話を切ると、スクローニーに言った。「ドルイドの長にも電話をして、早く魔法の飲み物を作るように言ったほうがいいかしら？」

スクローニーは目を閉じた。

「そうね」エメリーンはうなずいた。「スクローニーの言うとおりよ。かえって、邪魔するだけね。じゃあ、闇の国の女王に電話しましょう」

エメリーンはまたダイヤルを回した。

「もしもし、よこしまな女王ベラヴォーンだな？　わたしは、おまえの最大の敵だ。いいか、おまえごときには決して、クノベル王の砦は落とせない。たとえ三千年、かかろうともな！　クノベル王には、おまえを打ち負かす強い魔法があるのだ。おまえの支配する部族はみな、トリノウァンスも、ヴォタディンスも、ダモンスも、ビンゴーニも、ひとり残らずオオカミとイノシシのえじきとなるだろう！　おまえは富も、力も、紫のローブも、毛皮のマントもすべて失い、クノベル王の砦の外のみすぼらしい泥の小屋で、一生、王の家来たちにあざ笑われながら過ごすのだ。さらば、永遠に地獄へ落ちるがよい！」

エメリーンは電話を切ると、スクローニーに言った。「これで、女王も怖がるわね」

スクローニーは眠っているように見えたが、通りのほうから足音が聞こえてきたとたん、パッと目を開いた。エメリーンも身がまえる。電話ボックスは、敵を見張るにはかっこうの場所だが、追いつめられたら最後、逃げ道はない。

しばらくして、エメリーンは言った。「大丈夫、ヤキーモーさんよ」

そして、扉をあけると、もうひとりの友だちを迎え入れた。

ヤキーモーさんは（Iachimoと書いてヤキーモーと読むのだ）、ちょっと足を引きずりながら、エメリーンたちのほうへ歩いてきた。スクローニーの頭をなでると（スクローニーは尻尾をピンと立てた）、エメリーンに古そうな小さい本を渡した。もく糸でとじられ、紙はすべて金ぱくのふちどりがついている。『キンバルス・グリーンとウァンシー湿地の古代史』という題で、ウァンシー市営図書館から借りてきたものだった。

エメリーンはうれしくて目を見開いた。さっそくページをパラパラとめくってみる。

「クノベル王のことが書いてある！　前に持ってきてくれた大昔のロンドンの話よりも、もっと面白そう。ヤキーモーさんは読んだ？」

ヤキーモーさんはニコニコしながらうなずいた。ヤキーモーさんは、痩せて腰の曲がったおじいさんで、白い髪を長く伸ばしていた。本のほかに革のケースを持ち歩いていたが、中にはフルートが入っていて、話をしていないときは、しょっちゅうケースをあけて、中の楽器をぼんやりとなでていた。

「おまえさんが喜んでくれると思ってね。かわいそうに、どうしてヴォーンさんは、公共図書館にいかせてくれないのかねえ」

「本なんて一文の得にもならないえらそうな考えを植えつけるだけだ、って言うの」エメリーンは夢中で字を追いながら、うわの空で言った。「わあ！　クノベル王がどんな服を着ていたか、書いてある！　短いキルトに金のベルトだって！　胸に、タイセイ（青色の染料がとれる植物）の絵の具で青い模様を描いて、金の首飾りに、金の刺繍(ししゅう)のついた純白のマントをかけていたみたい。真鍮(しんちゅう)の盾(たて)と、短剣を持って、頭に金の輪、金の腕輪をはめていたって。家は泥と石でできていて、屋根は草ぶきで、壁には動物の皮がかかっていて、床はイグサが撒いてあったんだって」

　エメリーンとヤキーモーさんは通りに出て、ゆっくりと歩いていった。スクローニーは猫の習性に従って、ぶらぶらと道草を食って、戸口の階段や暗いすきまをのぞいたり、先に走っていって二人が追いつくのを待ったりしている。

「クノベル王の子孫が、まだ生き残っているということもあるかしら？」エメリーンはきいた。

「あるかもしれんよ」

「そのころ、このあたりがどんなだったか、もっと話して」

「このあたりの湿地は、今レンガ工場があるところも、操車場があるところもみんな、森に覆われて、そのあいだを縫うように、川がゆったりと流れていたんだ」

「あいだを縫うように川がゆったりと流れていた」エメリーンはそっとつぶやいた。

「すべてが、クノベル王のものだった。泥で作られた小さな家には、入り口用と、煙突用の二つの穴があいていて、屋根は葦でふいてあった」

エメリーンは、目のまえの舗装された道路や家並みを消し去り、森の木々や草ぶき屋根の小屋が立ち並んでいるようすを思い浮かべようとした。

「村をぐるりと囲むように、丸太とサンザシの枝の柵が張り巡らされていた。大きな建物が王の住まいで、聖なる森の近くにドルイドたちの家があった」

「どのあたり?」

「おそらく、丘のてっぺんだろう。真ん中には、神聖なるオークの木があった。今でも、聖チャド教会の庭にオークの木があるだろう? ドルイドのオークのドングリから生えたものかもしれんよ」

「同じ木ってこともある? オークってとても長生きなんでしょう?」

「しぃ!」ヤキーモーさんは急に話すのをやめて、言った。「なんだろう?」

教会の庭を囲む塀にさしかかったところで、エメリーンとヤキーモーさんとスクローニーはぴたっと足を止め、耳をそばだてた。そして次の瞬間、長年のあいだに身についたすばやさで、別々に行動しはじめた。ヤキーモーさんは「おやすみ」と小声で言うと、すべるように角のむこうへ消え、エメリーンは大切な本をビニール袋に入れて、石塀のゆるんだ石のうしろの穴に押しこむと、スクローニーといっしょにヴォーン夫人の家へむかって坂を駆けおりた。息を切らしながら玄関の階段にしゃがみ、スクローニーが安全な物置の屋根に飛び移ったのと同時に、五、六人の集団が歌いながら、肩で風を切って歩いてきた。

「ありゃなんだ？」ひとりがさけんだ。

「猫だよ」

「捕まえようぜ！」

「くそっ、いっちまった」

ヴォーン夫人の家までやってくると、ボスらしき人物が仲間を離れ、エメリーンのほうへやってきた。

「おまえか、泣き虫やろう。おふくろは？」

「ビンゴよ」

「そんなとこだろうな。ババアがぜんぶ使っちまうまえに、年金をちょっぴりいただいておこう」

ヴォーン夫人の息子はエメリーンの髪をぐいと引っぱると、親指の爪で鼻をビシッとはじいた。エメリーンは石のように黙りこくったまま、唇を噛んでヴォーン夫人の息子を見返した。

「コル、だれだよ？」新入りの子がきいた。「やっちまうか？」

「おふくろが面倒を見てる孤児院のガキさ。ただのチビだ。家か、この階段にいるときは、手出しはできねえ。おふくろが許さねえからな。だが、いいか、チビ、町の中で捕まえたら最後、ただじゃおかないからな」コリンはもう一度エメリーンの鼻を爪ではじくと、歩道に落ちているものを片っぱしから蹴とばしながら、仲間たちと去っていった。

十一時半になると、ヴォーン夫人がもどってきて、外で震えているエメリーンを家の中に入れ、エメリーンは、黙ってベッドのある屋根裏まであがっていった。十一時三十五分に、スクローニーがやはり黙って入ってきて、エメリーンのお腹の上に飛び乗った。そして、少女と猫は温め合いながら、まるくなって眠った。

次の朝、コリンは食卓に現われなかった。コリンは何日もつづけて帰ってこないことがあったが、ヴォーン夫人はいちいちどこにいたのかたずねなかった。

午前中、エメリーンはおつかいにいったり、家の仕事をしたりしなければならなかったが、午後になるとヴォーン夫人は昼寝をしたくなり、エメリーンに、とっとと出ていって、きっかし六時になるまで顔を見せるんじゃないよ、と言いわたした。まるまる五時間も本を読む時間ができる。エメリーンは、ボロボロの上着をはおると、飛ぶように教会の庭へ走っていった。

教会の高く黒ずんだ塀のドアは、いつも鍵がかかっていたが、ちょうど塀の角に錆だらけの古い鉄パイプが積み重ねられたままになっていた。エメリーンはスクローニーよりもちょっと重いだけだったから、そろそろとそのパイプをのぼっていって、塀を乗り越えることができた。

中の教会の庭は、草がうっそうと生い茂っていた。ブラックソーンやプラタナスやシカモアの木にイバラのやぶがからみつき、エメリーンのあごの高さまでのびたスギナモが地面を覆い尽くしている。昼のあいだは最高の隠れ場所だけれど、夜は真っ暗で、思わぬ危険が潜んでいた。生い茂った草の中に、あちこちに傾いた柱や石板が隠れていたのだ。

エメリーンはサー・オラース・トゥレスイ・キャンベル提督の平たい墓石の上にすわると、本を読みはじめ、それから三時間というもの、ぴくりとも動かなかった。そしてようやくふぅーとため息をついて、本を閉じた。残りはヴォーン夫人がまた夜に出かけるかもしれないから、とっておいたほうがいいだろう。

エメリーンが本を閉じると同時に、いちばん高い木の上からキツツキが一羽、かん高い声をあげて飛び立った。あれがドルイドのオークの木かもしれない。エメリーンは草木を押し分けて、オークのほうへ歩いていった。イバラが顔を引っかき、服を引き裂く。ヴォーン夫人に叱られるだろうが、どうしようもない。やっとのことでたどり着くと、草一本生えていない黒々とした腐葉土の真ん中に、その木はたっていた。オークの大木、それもかなり大きい。どっしりとした幹はふしくれだって、地面からまるでげんこつのような根が突き出ている。本を読むのに、提督のお墓よりさらにいい隠れ場所になりそう、あとは、夜ももう少し明るければいいのに、とエメリーンは思った。

聖チャド教会の時計は、五時四十五分をさしている。エメリーンは、『キンバルス・グリーンの歴史』をビニール袋に入れて木のうろに隠すと、重い足を引きずって家へむかった。しばらくして、暗くなってから本を探すのは大変そうだと気づいたけれど、もうどうしようもなかった。

ヴォーン夫人は、まだその週の年金が残っていたので、その夜もビンゴへ出かけた。エメリーンはまた電話ボックスへいって、クノベル王に電話をかけた。

「クノベル王?　敵はあと五マイルのところまで迫っています。女王ベラヴォーンは、車輪に大がまをつけた二輪戦車に乗り、邪悪な息子コリュオンは残忍な兵士たちを従えています。コリュオンは投石機と黄金の柄のついた投げ槍を持ち、だれよりも残虐です。ドルイドの長は、魔法の飲み物を作り終えましたか?」

エメリーンは耳を傾け、スクローニーはいつものように足元にすわって、「ミャーオ?」と鳴いた。

「飲み物はできたと言っているわ、スクローニー。青銅の細口瓶にいれて、必要なときがくるまで、聖なるオークの木の下に隠してあるんですって。戦士たちは、小麦のパンとイノシシの肉とハチミツ酒のごちそうを食べている最中よ」

次に、エメリーンはベラヴォーン女王のところに電話をかけ、すごみのある声で言った。「よこしまな女王よ。おまえの敵がぞくぞくと集まっているぞ。この戦いに勝利するつもりのようだが、大きなまちがいだ！　おまえの息子はとらえられ、おまえは国から追い出されて、イケニ族かブリガンティン族のもとに身を寄せるしかなくなるだろう」

まだ九時半だった。ヤキーモーさんも、今夜はくるかわからない。三日のうち二晩は、ロンドンのウエストエンドへいって、劇場の外でフルートを吹いていたからだ。

「昔は、わたしも有名な音楽家だったんだよ。ヨーロッパじゅうから、人々がわたしの演奏を聴きにきたものさ」ある晩、教会の入り口でいっしょに雨宿りをしていたとき、ヤキーモーさんは悲しそうに話してくれた。

「なにがあったの？　どうして今は有名じゃないの？」

「酒のせいだ」ヤキーモーさんはひどくつらそうだった。「酒を飲みすぎると、しゃっくりが出る。しゃっくりが出てちゃ、フルートは吹けない」

「でも、もう出てないみたい」

「今じゃ、酒を買う金もないからな」

「だったら、またフルートを吹けるのね」エメリーンは意気揚々と言った。

「そのとおりだな」ヤキーモーさんはうなずいた。そして楽器を取り出すと、いきなり雨の暗闇にむかってすばらしい曲を吹き鳴らした。「でも、もう遅すぎる。今じゃ、だれもわたしの演奏を聴いてはくれない。ヤキーモーの名を覚えている人はいない。年とっちまって、もう、思い出させる気力もないんだ」

「かわいそうなヤキーモーさん」エメリーンはそのときの会話を思い出してつぶやいた。「クノベル王の魔法の飲み物が一滴でもあればいいのに。そうすれば、またみんなをふりむかせることができるはずよ」

エメリーンは電話ボックスから、聖チャド教会の時計を見ようと首をのばした。九時四十五分。今夜の町は静かだった。コリンと仲間たちは、どこからかお金を手に入れて、ウァンシー・ダンスホールにいってしまっていた。

エメリーンはふと思い立った。「本をとりにいこう。探してみるだけでもいいわ。月が出ているから、そんなに暗くないかもしれない。スクローニーもくる？」

スクローニーはいいですよ、というように伸びをした。

月に照らされた教会の庭は、昼間よりいっそうふしぎな感じがした。スギナモが庭じゅうにしま模様の影を落とし、フクロウがホーホーと鳴きながら小径の上を飛んでいく。スクローニーは、もどってきて正々堂々と戦え！　とばかりに雄たけびをあげたけれど、フクロウは相手にせずそのまま飛び去っていった。

「あれは、本物のフクロウじゃないわ。ベラヴォーン女王のスパイのひとりよ。急がなくちゃ」エメリーンはささやいた。

オークの木は思ったよりも簡単に見つかったけれど、本のほうは、はるかに大変だった。がっしりとした枝と生い茂った木の葉で月の光がさえぎられ、木の下は真っ暗だ。エメリーンは根っこのあいだを手さぐりで探しまわり、少なくとも三回は木のまわりを回ったと思ったとき、右手がするりと深い穴に入った。きっとここだと思ってゴソゴソと探ると、手がなにかをつかんだ。ところが、引っぱり出してみると、なにやら先の細くなった小さなものだ。それは上着のポケットにすべりこませ、もう一度本を探しはじめた。「どこかにあるはずなのよ、スクローニー。それとも、ベラヴォーン女王のスパイが持っていったのかしら」

とうとう、本が見つかった。本はぜったいに何回も探したと思うところに押しこんであった。

「ああよかった！　急がないと。読む時間がなくなっちゃう」

エメリーンはそそくさと庭を出た。庭じゅう、人の気配であふれているように感じる。クノベル王の大軍が茂みの中で息をひそめ、じっと見張っているようだ。一方、外のシルヴァン通りは、がらんとして、ひとっこひとりいなかった。エメリーンはスクローニーをぎゅっと抱きしめると、慌てて電話ボックスに飛びこんだ。

「ドルイドたちについて書いてあるところを読んであげるからね、スクローニー。ドルイドたちは真っ白いローブをまとい、ヤドリギを好んだ――あのオークにもヤドリギがあったわ！　やっぱりあのオークなのよ――それから、石を並べて聖なる輪を作ったんだって。教会の庭の石の中にも、ドルイドたちが使ったものがあるかもしれないわね」

スクローニーは、そうですね、というようにのどをゴロゴロと鳴らした。エメリーンは丘の上を見あげ、視界から聖チャド教会を消して、かわりに聖なる木の森と白いローブ姿の老人たちを思い浮かべようとした。

もうすぐ十一時になる。エメリーンは石の裏に本を隠し、玄関の階段でヴォーン夫人の帰りを待った。ヴォーン夫人はコリンといっしょだったが、息子は機嫌が悪そうに背を丸めていた。

「顔じゅう傷だらけだな、ひどい顔だぞ」コリンはエメリーンに言った。

「なにしてたんだい？」ヴォーン夫人が問いただした。

エメリーンが黙っていると、コリンが言った。「いつも連れて歩いてる、あの汚らしいよぼよぼ猫だな」

「この家のそばで、猫といっしょにいるところを見たら、ただじゃおかないからね」ヴォーン夫人はぴしゃりと言った。「不潔だし、盗むし、どこを歩いてきたもんだかわかりゃしない。もし見かけたら、コリンに言って首をひねってやるから、覚えておき！」

コリンはニタリと笑った。エメリーンは恐ろしさで心臓がひっくりかえったけれど、なにも言わずに、屋根裏のベッドへゆっくりとあがっていった。ほどなく、スクローニーが入ってきた。降りだした雨でずぶ濡れになっていたけれど、エメリーンはただただぎゅっと抱きしめた。涙が数滴こぼれたところで、これ以上スクローニーの毛が濡れることはなかった。

「やっぱりね！」ヴォーン夫人はふいうちをかけ、いつもより早い時間に屋根裏にあがってきたのだ。「わかってたよ！」

そして、窓を閉めようと乗り出したけれど、スクローニーは、たとえ起きぬけでも、まだ人間より十倍は動きが速かったので、電光石火の早業で外へ飛び出すと、屋根のむこうへ逃げていった。

「これをごらん！　わたしの毛布が、汚らしい猫の足跡だらけじゃないか！　さてと、今朝のお仕事はこれをやっていただきましょうかね、お嬢さま。この毛布をぜんぶ、きれいに洗うんだよ。乾くまで、毛布はなしだからね。新しいのはやらないよ。まったく、ノミのたまごもついてるに決まってる」

エメリーンは、朝ごはん抜きで裏の洗濯小屋へいき、たらいの上にかがみこんだ。仕事は苦にならなかったけれど、スクローニーのことが心配でくらくらする。どうすれば、スクローニーを守れるだろう？　もしスクローニーが家の外で待っていたら？　スクローニーは、ときどきそうやってエメリーンを待っていた。ヴォーン夫人は、スクローニーが姿を見せようものなら、肉包丁を持って追っかけてやる、と言っているし、コリンは、あいつをしとめてやる、と誓ったのだ。「よし、じゃあ、とっとおいき」ヴォーン夫人は、毛布の出来具合に満足すると言った。「ほら、早くしな。六時まえに顔を見せるんじゃないよ。昼ごはんがないって？　しょうがないだろう。おまえがのろいから、とっくに食べ終わっちまったよ。うるさいね。なら、このパンとマーガリンを持っておいき。さあ、出て、出て。一日じゅう、子どもに家にいられるのはごめんだよ」

エメリーンは、午後じゅう、あてもなくスクローニーを探しつづけた。たぶん、どこか隠れ場所に潜りこんで、昼寝でもしているのだろう。この時間はたいていそうだ。でも、すでにコリンに捕まっていたら？

「スクローニー、スクローニー」エメリーンは、路地の入り口や、門や、木や壁の下にむかって、必死に小声で呼びつづけた。でも、答えはない。教会の庭にもいってみたけれど、スクローニーが目を覚まして出てくる気にならないかぎり、この荒れ果てた場所で探し出すなんて、百本のわらの中から一本の針を見つけ出すより難しかった。

スクローニーはいったんあきらめ、ヤキーモーさんを探しはじめた。でも、ヤキーモーさんも見つからなかった。どこに住んでいるのかきいたことはなかったし、いつも昼のあいだは、ほとんど顔を見せなかった。たぶん取り壊し予定の家のどれかに住んでいて、恥ずかしくて言えないのだろう。

ひどく寒い日だった。昼間も風が強くどんよりとしていたけれど、夕ぐれが近づくにつれ、どんどん雲行きがあやしくなってくる。冷たくなった手をポケットの奥に突っこむと、指先に固いものが触れた。まるくて変わった形をしている。それで、昨日の夜オークの木の下でなにか拾ったことを思い出した。引っぱり出してみると、小さな細口瓶で、胴体部分の金属は年月をへて黒ずみ、つやは失われ、土の塊がこびりついている。中はまったくの空っぽというわけではなくて、振ると、液体のパシャパシャという音がした。でも、量はわずかで、せいぜい数滴といったところだろう。

「すごい」エメリーンは興奮で、一瞬怖いのも忘れて、息を呑んだ。「ドルイドの魔法の飲み物よ！　でもどうして？　どうして戦士たちは飲まなかったのかしら？」

エメリーンは栓を抜こうとした。なにかかたくて黒っぽい物質でできていて、木か、そうでなければ革が長い年月をへて木のようにかたくなったものらしかった。

「手伝おうか？」頭の上からやさしい声がした。

エメリーンはびっくりして、心臓が飛び出そうになった。けれども、声の主は、通りのむこうから音もなく足を引きずってやってきたヤキーモーさんだった。

「見て、見て、ヤキーモーさん！　これを教会の庭のオークの大木の下で見つけたの！　ドルイドの魔法の飲み物よ。ゼニアオイとソラマメとチコリの葉をハチミツ酒にひたして作った、戦士たちに勇気を与える飲み物なの。まちがいないわ！」

ヤキーモーさんはエメリーンを見てほほえんだ。とてもやさしい顔だった。「ああ、そうにちがいない！」

けれどもどういうわけか、ヤキーモーさんがうなずいているのに、エメリーンは一瞬、説明のつかない恐怖で胸がズキッとした。この世界にたしかなものなどない――なにひとつありはしない。ヤキーモーさんですら、姿かたちはヤキーモーさんでも、本当はベラヴォーン女王が魔法の瓶を盗むために送りこんだスパイかもしれない。

エメリーンは大きく息を吸って、怖い気持ちを抑えこんだ。「ヤキーモーさん、栓を抜いてくれる？」

「やってみよう」ヤキーモーさんは外国のものらしい魚の形をした小型ナイフを取り出すと、瓶の口にはまっている固く化石化した黒い物体をこじあけようとした。しばらくすると、栓がボロボロと崩れはじめた。

「気をつけて。注意してね。ほんのちょっぴりしかないから。たぶん、砦の兵士たちがほとんど飲んだんだわ。でも、これだけあれば、ヤキーモーさんにはじゅうぶんね」

「わたしに？　どうして？」

「だって、ヤキーモーさんには勇気が必要だもの。勇気があれば、みんなにまたフルートを聴いてもらえるようになるでしょ」

「なるほど」ヤキーモーさんは考えこんだように言った。「でも、あんたには勇気は必要ないのかい？」

エメリーンの顔は曇った。「わたしは、勇気をもらってもしょうがないから。わたしは大丈夫。心配なのは、スクローニーよ。そうだ、ヤキーモーさん、コリンとヴォーン夫人がスクローニーを殺すって言うの。どうすればいい？」

「そんな権利はないと言ってやりなさい」

「そんなことを言ったって無駄よ」あわれなエメリーンは言った。「あ！　開いた！」

栓は開いたけれど、粉々になってしまった。

「大丈夫。いつもヤキーモーさんがフルートを磨くのに使っているワタを詰めればいいもの。どんなにおいがする？」

においを嗅いだとたん、ヤキーモーさんの表情が変わった。そして、問いかけるようにエメリーンを見た。「ハチミツと花のにおいだ」

エメリーンもにおいを嗅いだ。ほのかに――本当にほんのりと――甘い香水のようなかおりがたちのぼった。

「指につけて、ヤキーモーさん！　なめてみて！　お願い。きっとヤキーモーさんの力になる。ぜったいよ！」

「本当にやるのかい？」

「もちろんよ、早く！」

ヤキーモーさんは瓶の口に指を突っこんで、パッとひっくりかえし、すばやく元にもどすと、指先を眺めた。かすかにしめっている。

「早く。もったいないわ」エメリーンは心配のあまり息もできないようすだ。

ヤキーモーさんは指をなめた。

「どんな味？」

「味はしない」けれどもヤキーモーさんはにっこりとして、ワタを取り出すと、瓶の口に詰めて、エメリーンに渡した。

「これは、あんたのものだ。しっかり守るんだよ！　それと、あんたの友だちのスクローニーのことだが、明日にでもヴォーン夫人のところへいってみるから、それまでやつのことを守っておやり」

「ありがとう！　魔法の飲み物はぜったいに勇気をくれるからね！」

上のほうから、聖チャド教会の時計が六時を打つ音が聞こえた。「ウエストエンドへいかなきゃならん。おまえさんも、早く帰って晩ごはんをお食べ。また明日な。今日は本当にありがとう、感謝してるよ」

ヤキーモーさんはふかぶかと外国式のおじぎをすると、足を引きずりながら、いつもよりもずいぶん速い足どりで丘をくだっていった。

「どうか飲み物がききますように」エメリーンはヤキーモーさんのうしろ姿を見ながら祈った。そして、走ってヴォーン夫人の家へ帰った。

夕ごはんは終わっていたけれど、ありがたいことに、コリンはもどっていなかった。ヴォーン夫人はさっさと後片づけをして出かけたがっていたので、エメリーンは急いでごはんをかきこんで、お皿を洗うと、また外へ飛び出した。

大切な瓶をしっかり握りしめて、教会の塀まで走っていたとき、ふと恐ろしいことに気づいた。魔法の飲み物には、ハチミツ酒が入ってる。そのせいで、ヤキーモーさんがしゃっくりになったらどうしよう？　でも、ほんの一滴だったから、お酒の量もかなり少ないだろう。エメリーンは自分を安心させようとした。そんなふうになる可能性はほとんどないはずよ。

塀の穴から本を引っぱり出そうとしていると、聞き慣れた音がしたので、ほっとして頬がゆるんだ。ミャオとあいさつする声がして、ガリガリ、ガサガサという音とともに、塀のてっぺんのツタの中から足がぬっと一本ずつ現われ、最後にスクローニーがあくびをしながらのろのろと出てきた。

「スクローニー！　ここにいたのね！　心配したのよ！」

エメリーンはスクローニーをわきに抱えこむと、もう一方のわきに本をはさみ、電話ボックスへいった。スクローニーは昼寝のつづきをしようとエメリーンの足の上でまるくなり、エメリーンは『キンバルス・グリーンの歴史』を開いた。残りはあと一章だった。エメリーンはそのページを開き、夢中で読みはじめた。上のほうで、聖チャド教会の時計がおごそかに時を刻んでいた。

とうとう本を閉じたとき、エメリーンの頬を涙がつたっていた。

「ああ、スクローニー、王たちは勝てなかったの！　負けたのよ！　クノベル王の家来たちは、みんな殺されてしまった。ドルイドたちも。砦を守って、ひとり残らず殺されてしまったの。ひどすぎる。ああ、どうしてそんなことになってしまったのかしら、ねえスクローニー！」

スクローニーはなにも言わずに、エメリーンの足首にちょこんとあごをのせた。その瞬間、電話が鳴った。

エメリーンは、ぎょっとして電話を見つめた。スクローニーが跳ね起き、背中の毛をゆっくりと逆立たせて、耳をぺたりと寝かせた。ベルは鳴りつづけている。

「嘘よ」エメリーンは壊れた黒い受話器を見つめたまま、ささやいた。「これは壊れているのよ。

こんなことありえない！　今まで一回も鳴ったことはないのに！　どうしよう、スクローニー？」

そのときには、スクローニーはもういつものスクローニーにもどって、またすわって体をなめていた。エメリーンはがらんとした通りにさっと目を走らせた。だれもいない。ベルは鳴りつづけた。

同じころ、丘をくだって、さらに先へいったヴァンシー大通りで、救急隊員たちが歩道に倒れた老人をそっと持ちあげて、担架にのせていた。

「ろくでなしのガキどもだ」見物人のひとりが、メモをとっているおまわりさんに話している。「キンバルス・グリーンからくる不良どもだよ。何人かはもう一度顔を見ればわかりますよ。やつらが、じいさんに襲いかかったんだ。じいさんも、やっぱりキンバルス・グリーンからきていて、いつも街角で演奏していたんですよ。今夜は早く店じまいをしたらしい。そこへガキどもが襲いかかったんだ。じいさんみたいなのを襲ったってしょうがないのに。盗む金なんて持ってやしないんだから」

ところが、救急隊員の人が、ヤキーモーさんのポケットから落ちたお金を拾い集めると、半クラウン硬貨や二シリング硬貨がけっこうな量あった。それどころかお札もあって、一ポンド紙幣だけでなく、五ポンドや十ポンド紙幣までまざっている。それから、壊れたフルートが一本、転がっていた。

「今夜は狙われるだけのことはあったわけだ。いつもよりもだいぶがんばったんだな」おまわりさんは言った。

「元気のいいじいさんだった――ライオンみたいに、やつらにむかっていったんだからね。相手も何人かは傷を負っているだろうな。それでけっきょく、じいさんを置いて逃げ出したんだ。で、じいさんのようすはどうです?」

「なんとも言えないね」救急隊員の人は言って、ドアを閉めた。

「電話に出たほうがいいわね」とうとうエメリーンは言った。そして、受話器をとると、電気ショックを受けたみたいにブルッと震えた。

「もしもし?」ささやくように言う。

すると、遠くからかすれた小さな声がした。

「クノベル王だ。長くは話せぬ。警告の電話だ。危険が近づいている。大いなる危険が、そなたとそなたの友にむかってやってくる。気をつけろ! 油断するでないぞ!」

エメリーンは口を開いた。でも、声が出てこない。

「危険が近づいている。危ないぞ！」その声はもう一度くりかえした。そして電話は切れた。

エメリーンは音の出ない受話器を眺め、それから足元の猫を見つめた。

「スクローニー、聞こえた？」

スクローニーは、けろりとしたようすでエメリーンを見ると、耳のうしろを洗った。

そのとき、だれかが走ってくる足音が聞こえた。警告は本当だったのだ。エメリーンはポケットに本を押しこむと、スクローニーを抱きあげようとして、ふと手を止めた。指先が細口瓶に触れたのだ。

「飲んだほうがいいわよね、スクローニー？　敵の手に渡るよりまし。そうよね？　そうよ！さあ、あなたも一滴飲むのよ」

エメリーンが指先をしめらせて、スクローニーの鼻に触ると、スクローニーはすぐさまピンク色の舌でなめとった。それから、エメリーンは残りをぐいと飲みほし、スクローニーを抱きあげてドアをあけ、走りだした。

もう一度うしろを見ると、道のむこうから大勢の黒い人影が追いかけてくる。だれかがさけんだ。

「いたぞ。猫もいっしょだ！　いくぞ！」

ところがそのとき、追っ手のむこう側、そう、追っ手を通してそのうしろに、別のものが見えた。雪をかぶった丘が。いつも見慣れた丘よりもずっと高く、頂上に葉のすっかり落ちた大木の木立がある。はっとして左右を見やると、黒ずんだ家々のあいだや前に、まるで写真の上にもうひとつ写真を重ねたように、木々や、石造りに草ぶきの小さな家が見え、そのあいだを、赤い目をした痩せた動物たちが音も立てずにこそこそと歩き回っていた。その瞬間、エメリーンは二つの世界を同時に見たのだ。ひとつの世界のうしろにある、もうひとつの別の世界を。エメリーンはヴォーン夫人の玄関の前までくるとふりむいて、敵とむかいあった。

先頭にいるのは、コリン・ヴォーンだった。顔はアザとキズだらけで、怒りくるった表情を見れば、手にしているこん棒を見るまでもなく、なにをしようとしているのかすぐわかる。

「その猫をよこせ。おまえとおまえの仲間には、さんざんな目にあわされたんだ。そいつの首ねっこをひねってやる！」

逃げ道はない。エメリーンの目に反抗の火花が散った。スクローニーも同じように瞳をめらめらと燃やし、コリンにむかってサーベルタイガーのように牙を剝き出した。

エメリーンはひと言ひと言はっきりと言った。「わたしに指一本触れるな、コリン・ヴォーン。わたしに触るな！」

コリンはたじろいで、半歩うしろへ下がった。うしろにいた仲間たちも、じりっとあとずさる。

そのとき、ヴォーン夫人が丘をあがってきた。いつもの堂々とした歩きっぷりからは想像もつかないような、のろのろとした足どりで、心ここにあらずといったようすだった。

「このろくでなしども、さっさと出ておいき」ヴォーン夫人はどなった。「ヤキーモーじいさんは、気の毒に、ヴァンシー病院だ。おまえたちのせいでね！　年寄りを殴るなんて！　おまえたちには、それしか能がないのさ。さあ、出ていくんだ。さもないと、ひどい目にあわすよ。ほら、おいき！」

「でも、今から猫の首をへし折ってやるところなんだ。そうしろって言ったじゃないか」コリンは抗議した。

「猫のことなんかほっときな」ヴォーン夫人はきつい口調で言うと、階段をあがろうとして、エメリーンと顔を突き合わせた。

「なにぼんやりと突っ立ってんだい？」ヴォーン夫人は噛みつくように言った。「いまいましい猫を下ろして、さっさとベッドにお入り！」

「いやです」エメリーンは言った。「これ以上、あなたとは暮らしません」

「ほう、そうかい？　どこへいこうって言うんだい？」ヴォーン夫人はあっけにとられて言った。

「ヤキーモーさんのお見舞にいきます。それから、だれかわたしとスクローニーを引き取ってくれる人を探します。もっと幸せになれる場所を。こんなひどい家には二度と帰ってきません」

「フン、なら、勝手にしな」ヴォーン夫人はうめいた。「どうせ、おまえだけじゃない。たった今きいたんだ。五十年もここに住んで、明け渡しまでは十四日だってさ。あと二週間でブルドーザーがくるんだ」

ヴォーン夫人は家の中に入った。

でも、エメリーンは聞いていなかった。スクローニーをぎゅっと抱きしめると、不良たちなど目に入らないかのようにあいだを通り抜け、最後にもう一度キンバルス・グリーンの暗い通りを駆けおりていった。

訳者あとがき

「子どもだけが楽しむ児童書というものはよくない児童書だ」

これは、〈ナルニア国物語〉の作者C・S・ルイスの言葉です。この言葉に続いて、ルイスは、フェアリーテールを読むなんて〝発育不全〟だと非難する人たちへ、こんなふうに反論しています。

> 私はライン産白葡萄酒を好んでいます。もちろん子どものころにはそんなものは好きになれなかったでしょう。しかし、一方、レモン・スカッシュはいまだに好きです。私はこれは成長、すなわち発達だと考えます。なぜなら、私の好みは白葡萄酒というあたらしいものによって、いっそう豊かにされたからです。前には一つだった楽しみが、今では二つにふえているのですから。(『別世界にて』中村妙子訳　みすず書房)

これは、まさにわたしがこの短編集を訳していて、感じたことでした。子どものころ、エイキンの奇想天外なストーリーや、想像もしていなかった飛躍やディテールの組み合わせに魅了されたのをよく覚えています。その後、大人になって読み返し、今度は物語の中に隠されている鋭い社会分析や批判精神に夢中になりました。そして、十六年前に『心の宝箱にしまう15のファンタジー』（のちに『ひとにぎりの黄金　宝箱の章／鍵の章』として文庫化　竹書房）を訳したときは、物語に流れる詩情に心を奪われました。そして今回、『ルビーが詰まった脚』を訳し、なんとか言葉にするならば〝終わりの予感〟とでも言うような、切ないのにどこか穏やかなムードをひしひしと感じています。「ルビーが詰まった脚」の砂時計、「希望」で描かれる若いころの恋人の死、「聴くこと」の〝だけど、それを待っている時間が残っていないのよ〟というシェーバー先生のセリフ、〝アヒルにじわじわとかじり殺される〟というミドルマスの諦念。「ロープの手品を見た男」のだれもいなくなった浜辺のシーン。「二階が怖い女の子」の悲しいけれど美しいエンディング。多くの物語に登場する、幽霊や死者たち。

ルイスの言葉を借りれば、「前には一つだった楽しみ」が、二つどころか、三つにも四つにも増えている——そんなことを実感しながら、本書を訳しました。

本書は、*The People in the castle*（お城のひとたち）という短編集に収められた二十編のうち十編を訳出したものです。残りの十編もこれから訳す予定です。二十篇のうち二篇のみ、以前訳したことがあるのですが、今回は新たに訳し直しました。白葡萄酒を知って〝いっそう豊か〟な訳になっていることを祈っています。

最後になりますが、編集の小林甘奈さん、そして、「フィリキンじいさん」の数学やなぞなぞの部分をいっしょに考えてくださった朝日カルチャーセンターの生徒の皆様に心から感謝を。

ルビーが詰まった脚

著　者　ジョーン・エイキン
訳　者　三辺律子

2022年10月21日　初版

発行者　渋谷健太郎
発行所　(株)東京創元社
〒162-0814　東京都新宿区新小川町1-5
電話　03-3268-8231（代）
URL　http://www.tsogen.co.jp
装画・挿絵　さかたきよこ
装　幀　岡本歌織（next door design）
印　刷　フォレスト
製　本　加藤製本

ISBN978-4-488-01118-5 C0097